站在巨人的肩上
Standing on the Shoulders of Giants

U0125548

〔日〕结城 浩 ◇ 著
卫宫纮 ◇ 译 洪万生 ◇ 审

数 ╠ 学 ═ (女×孩) 的
秘密笔记 统计篇

人民邮电出版社
北京

图书在版编目（CIP）数据

数学女孩的秘密笔记.统计篇 /（日）结城浩著；
卫宫纮译. -- 北京：人民邮电出版社，2024.1
（图灵新知）
ISBN 978-7-115-62772-8

Ⅰ.①数… Ⅱ.①结… ②卫… Ⅲ.①长篇小说—日
本—现代 Ⅳ.①I313.45

中国国家版本馆CIP数据核字(2023)第186538号

内 容 提 要

"数学女孩"系列以小说的形式展开，重点讲述一群年轻人探寻数学之美的故事，内容深入浅出，讲解十分精妙，被称为"绝赞的数学科普书"。"数学女孩的秘密笔记"是"数学女孩"的延伸系列。作者结城浩收集了互联网上读者针对"数学女孩"系列提出的问题，整理成篇，以人物对话和练习题的形式，生动巧妙地解说各种数学概念。主人公"我"是一名高中男生，喜欢数学，兴趣是讨论计算公式，经常独自在书桌前思考数学问题。进入高中后，"我"先后结识了一群好友。几个年轻人一起在数学的世界中畅游。本书非常适合对数学感兴趣的初高中生及成人阅读。

◆ 著　　　　[日]结城浩
　　译　　　　卫宫纮
　　审　　　　洪万生
　　责任编辑　魏勇俊
　　责任印制　胡　南

◆ 人民邮电出版社出版发行　　北京市丰台区成寿寺路11号
　　邮编　100164　　电子邮件　315@ptpress.com.cn
　　网址　https://www.ptpress.com.cn
　　涿州市京南印刷厂印刷

◆ 开本：880×1230　1/32
　　印张：8.625　　　　　　　　2024年1月第1版
　　字数：163千字　　　　　　　2024年1月河北第1次印刷
　　著作权合同登记号　图字：01-2021-3524号

定价：59.80元
读者服务热线：(010)84084456-6009　印装质量热线：(010)81055316
反盗版热线：(010)81055315
广告经营许可证：京东市监广登字20170147号

序章

数据太多，让人一头雾水。

若只有一项，也许就能理解？

若只有一项，也许能够理解吧。

平均数、方差、标准差。

数据太多，让人一头雾水。

若只有一项，也许能够理解吧。

若是如此，为何会有这么多的数据呢？

虽然不理解，但想去理解。

因为不理解，才想去理解。

重复抛掷，

能够解开硬币问题吗？

多掷几次，

就能找出硬币的不均匀吗？

期望值、标准分数、零假设。

若只有一项，让人一头雾水；

若有海量数据，也许能够理解吧。

也许——就能更理解你。

献给你

本书将由由梨、蒂蒂、米尔迦与"我",展开一连串的数学对话。

在阅读中,若有理不清来龙去脉的故事情节,或看不懂的数学公式,你可以跳过去继续阅读,但是务必详读他们的对话,不要跳过。

用心倾听,你也能加入这场数学对话。

编者注

本书中图片因原图无法编辑,为防止重新绘制出错,故图中变量正斜体问题不做修改。

登场人物介绍

我

高中二年级，本书的叙述者。

喜欢数学，尤其是数学公式。

由梨

初中二年级，"我"的表妹。

总是绑着栗色马尾，喜欢逻辑。

蒂蒂

本名为蒂德拉，高中一年级，精力充沛的"元气少女"。

留着俏丽短发，闪亮的大眼睛是她吸引人的特点。

米尔迦

高中二年级，数学才女，能言善辩。

留着一头乌黑亮丽的秀发，戴金属框眼镜。

瑞谷老师

学校图书室的管理员。

目录

第 1 章 "骗人"的图表 —— 1

1.1　常见的图表 —— 1

1.2　制作表格 —— 2

1.3　想要看起来增加很多 —— 4

1.4　想要看起来增加更多 —— 7

1.5　想要看起来增加不多 —— 9

1.6　直方图 —— 12

1.7　改变横轴 —— 15

1.8　股价走势图 —— 18

1.9　其实是下跌 —— 19

1.10　其实是持续上涨 —— 23

1.11　员工人数的比较 —— 25

1.12　比较员工人数的图表 —— 26

1.13　平分秋色的演出 —— 28

1.14　选择比较对象 —— 29

1.15　市场竞争 —— 31

1.16　比较什么 —— 35

　　　第 1 章的问题 —— 38

第 2 章 平均数的秘密 —— 41

2.1　测验的结果 —— 41

2.2　代表值 —— 46

2.3　众数 —— 48

2.4 中位数 —— 50

2.5 直方图 —— 55

2.6 众数 —— 62

2.7 代表值攻击法 —— 64

2.8 方差 —— 75

第 2 章的问题 —— 78

第 3 章 标准分数的惊奇感 —— 81

3.1 学校的图书室 —— 81

3.2 平均数与方差 —— 83

3.3 数学式 —— 88

3.4 方差的意义 —— 95

3.5 标准分数 —— 100

3.6 标准分数的平均数 —— 106

3.7 标准分数的方差 —— 110

3.8 标准分数的意义 —— 114

第 3 章的问题 —— 120

第 4 章 抛掷硬币 10 次 —— 123

4.1 村木老师的"问题卡片" —— 123

4.2 "正面出现次数"的平均数 —— 127

4.3 正面出现 k 次的概率 P_k —— 132

4.4 杨辉三角形 —— 139

4.5 二项式定理 —— 144

4.6 "正面出现次数"的标准差 —— 145

第 4 章的问题 —— 155

第 5 章　抛掷硬币的真相 —— 157

    5.1　和的期望值等于期望值的和 —— 157

    5.2　期望值的线性性质 —— 159

    5.3　二项分布 —— 169

    5.4　硬币真的公正吗 —— 174

    5.5　假设检验 —— 178

    5.6　切比雪夫不等式 —— 186

    5.7　弱大数定律 —— 195

    5.8　重要的 S —— 201

        第 5 章的问题 —— 203

尾声 —— 211

解答 —— 217

献给想深入思考的你 —— 254

后记 —— 264

"骗人"的图表

"简单易懂才能正确传达。"

1.1 常见的图表

我是高中生，今天在家里的客厅，和表妹由梨一起看电视。

我："哦，又出现了。"

由梨："出现什么？"

我："图表啊，又在电视广告上出现了。"

由梨："那又怎么了？图表比较简单易懂，当然常常出现啊。"

我："你真的认为图表简单易懂？"

由梨："哥哥的'老师模式'又来了。我才不会上钩！"

我："这才不是'老师模式'呢。"

由梨："谁说不是。刚刚哥哥不就问'你真的认为图表简单易懂？'了吗？如果我回答'对啊！'，哥哥肯定会一副高高在上的态度：'一般会这么想，但其实不对哦，由梨。'这不就是'老师模式'？"

我："先不管那个，你真的认为图表简单易懂？"

由梨："对啊！因为给出一堆零散的数字，也只是让人不明所以，图表比较简单易懂！"

我："一般会这么想，但其实不对哦，由梨。"

由梨："老师模式……"

我："很多人都会认为图表简单易懂。的确，相较于列出数字的表格，图表比较一目了然。"

由梨："不对吗？"

我："虽然一目了然很好，但有没有正确理解是另外一回事。"

由梨："一目了然不就是正确理解吗？"

我："那么，我们实际作图看看吧。你先把电视关掉。"

由梨："好——"

1.2 制作表格

我："下面要说的是虚构的数据。比如假设要调查某公司的员工人数。"

由梨："某公司，像是'由梨股份有限公司'吗？"

我："这个嘛，名称不重要。由梨是总裁吗？"

由梨："呵呵。"

我："现在要调查由梨股份有限公司的员工人数。假设开始调"

查的初始年，也就是第 0 年的员工有 100 人，第 1 年有
117 人。"

由梨："第 1 年员工就增加了。"

我："往后各年为 126 人、133 人、135 人、136 人。"

由梨："嗯……这么多数字也不方便记录啊。"

我："出现很多数字的时候，可以试着制作表格。由表格来看，
每年的员工人数就很清楚了。"

由梨："对哦。"

年	0	1	2	3	4	5
员工人数（人）	100	117	126	133	135	136

由梨股份有限公司的员工人数

我："来，由上面的表格可以知道什么？"

由梨："员工人数。"

我："嗯，可以知道员工人数。还有什么？"

由梨："人数在增加。"

我："嗯，可以知道员工人数在增加。数字由左而右逐渐增大嘛。"

由梨："这很简单啊。"

我："这家公司的总裁——由梨总裁，想用这张表格调查员工人
数的变化。于是，她试着画出折线图。折线图常用来表示
变化。"

由梨："嗯。"

我："折线图的制作不难，就像这样。"

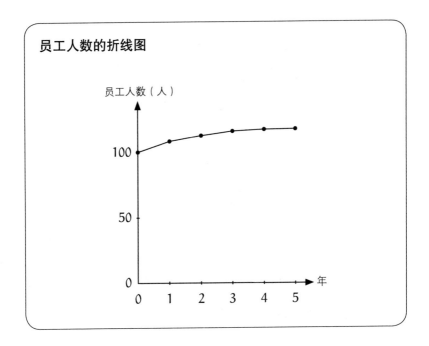

员工人数的折线图

由梨："员工人数果然在逐渐增加。"

我："但是，由梨总裁却对这点感到不满意。"

由梨："嗯？"

1.3 想要看起来增加很多

我："假设由梨股份有限公司的总裁因员工人数没有急剧增加而感

到不满。"

由梨: "雇用多一点员工不就好了?"

我: "公司没有那么多资金。所以,总裁想要修正图表,让员工人数看起来增加了很多。"

由梨: "夸大数据!"

我: "没有、没有,这不是夸大数据。富有正义感的由梨总裁怎么会做这种事呢?"

由梨: "当然啦。"

我: "总裁只是像这样切掉折线图的下半部分而已。"

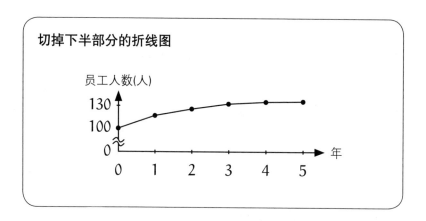

切掉下半部分的折线图

由梨: "这样员工看起来像是突然增加了很多。"

我: "你知道看图表时要注意哪里吗?"

由梨: "嗯······注意纵横轴吗?"

我: "没错!看图表时一定要确认纵横轴和刻度。如果有数字,也"

要注意单位。"

由梨："知道了，老师。"

我："仔细看切掉下半部分的图表纵轴，可以在这里发现表示省略的波浪线。"

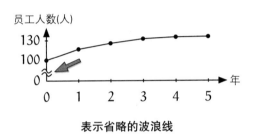

表示省略的波浪线

由梨："有耶——"

我："所以，这样不是夸大数据，图表也没有造假。"

由梨："是没错啦……"

我："图表也可以不用波浪线哦。只要取好刻度范围，这样也是正确表示变化。"

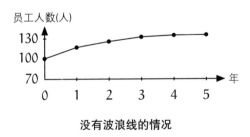

没有波浪线的情况

由梨："的确，刻度没有问题。"

我:"但是,由梨总裁还是感到不满意。"

由梨:"啊?"

1.4 想要看起来增加更多

我:"虽然切掉下半部分了,但员工人数看不出有很大的变化。"

由梨:"因为是同一份数据啊。"

我:"于是,总裁试着像这样拉长图形的纵轴。"

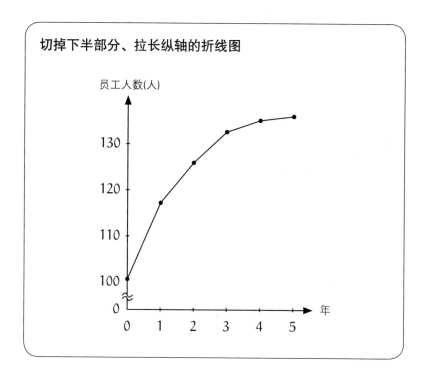

切掉下半部分、拉长纵轴的折线图

由梨："这太夸张了！看起来像是暴增嘛！"

我："但是，图表并没有造假。这只是纵轴的刻度间隔取得比较大，没有窜改任何数值。"

由梨："的确是这样没错，但员工人数看起来增加更多。"

我："没错，只是切除下半部分、拉长纵轴，没有造假任何数值，但显然作图的人别有意图。"

由梨："意图？"

我："是啊。利用图表让员工人数看起来增加很多的意图。"

由梨："这样做不对！"

我："不尽然如此。像这样切除和拉长，可以放大细节的变化，使数据的变化趋势更为清楚。因此不能单纯断定切除和拉长图表不对哦。"

由梨："是这样吗？"

我："也因为如此，观看图表的人需要多加注意才行。"

由梨："什么意思？"

我："前面是以制图者的立场来说的，制图者利用切除和拉长的方式，使图表'看起来很厉害'。"

由梨："是啊。"

我："另一方面，观看者需要思考'如果没有切除，看起来如何？''如果没有拉长，看起来如何？'。可能的话，也可以试着动手重新制作图表。如此一来，不论由梨总裁怎么强调

'员工人数增加这么多!',都能够作出反击的图表。"

由梨:"原来如此……"

我:"接着,就轮到跟由梨总裁唱反调的总经理登场了。"

由梨:"嗯?"

1.5 想要看起来增加不多

我:"假设总经理虎视眈眈下任总裁的位子,想要攻击总裁的主张。换句话说,总经理想以图表营造'员工人数增加不多'的印象。"

由梨:"真是勾心斗角的公司。"

我:"于是,总经理决定制作'年度增加人数'的表格。"

年	0	1	2	3	4	5
员工人数（人）	100	117	126	133	135	136
年度增加人数	×	17	9	7	2	1

员工人数与年度增加人数

由梨:"第 1 年的 17 人,是 $117-100=17$ 吗?"

我:"没错。这用来表示比前一年增加多少人。其中,第 0 年没有前一年,所以画叉表示。"

由梨："这是阶差数列!"

我："没错。年度增加人数的确是阶差数列。"

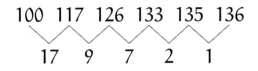

由梨："然后呢? 这能看出什么吗?"

我："你瞧，虽然员工人数在增加，但员工的增加人数不是在减少吗?"

由梨："嗯? ……啊，真的。17、9、7、2、1，逐渐减少，但员工人数本身是在增加。"

我："把这些数值画成折线图后，你觉得会怎么样?"

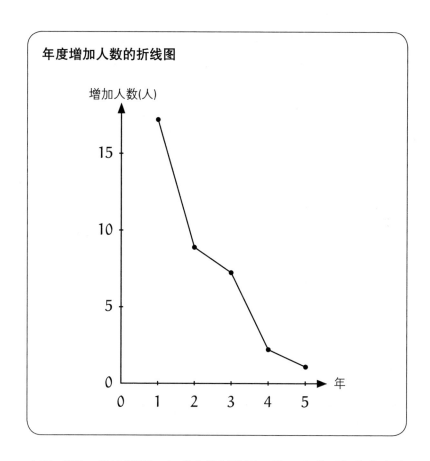

年度增加人数的折线图

由梨："啊，是这样啊。乍看这张折线图，员工人数看起来像在减少呢。"

我："没有注意纵轴的'冒失鬼'，就会这么认为吧。"

由梨："然后，总经理就会拿出这张图，质问：'总裁，您对此现状有何想法？'"

我："哈哈，就是这样。当然，这张图也没有造假，只是把年度增加人数画成折线图而已。"

由梨："真是神奇耶，哥哥。明明是同一份数据

- 逐渐增加

- 大幅增加

- 正在减少

却可以作成不同观感的图表。"

我："所以，虽然图表或许是'一目了然'，但得留意才能'正确理解'哦。我们要有阅读图表的能力才行。"

由梨："原来如此！"

1.6 直方图

我："刚才提到，总经理制作员工人数看起来急剧减少的折线图对吧？"

由梨："嗯。虽然员工人数实际上并没有减少。"

我："接着，总经理又作了直方图。"

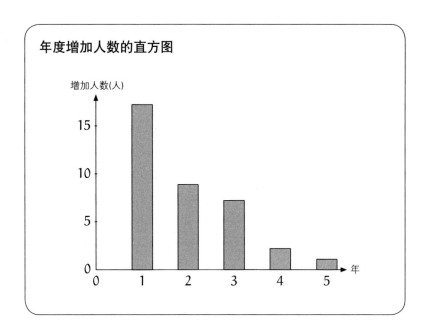

年度增加人数的直方图

由梨："这感觉和刚才的折线图一样。"

我："没错。直方图是利用'高度'表示数值的大小。"

由梨："是这样没错。"

我："总经理心想：表示数值大小的'高度'，应该可以用圆形来
取代直方图的长方形吧。"

由梨："圆形的直方图是怎么回事?"

我："就像这样。"

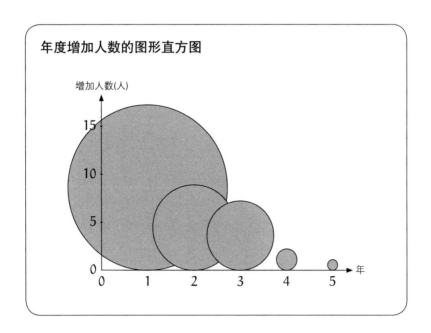

年度增加人数的图形直方图

由梨："咦？！这和刚才的是同一张图吗？"

我："总经理把圆的直径分别定为 17、9、7、2、1。"

由梨："哥哥！这样不太妙吧！你瞧，圆突然缩得这么小，看起来像是瞬间减少。"

我："没错。即便嘴巴上说是以圆的'直径'表示数值的大小，我们还是会受圆的'面积'影响，觉得圆的面积才是表示数值的大小。所以，数据不是原先的 17、9、7、2、1，而是 17^2、9^2、7^2、2^2、1^2，感觉变成了 289、81、49、4、1。"

由梨："这不能算是正确的图表了吧？"

我："没错。这太过夸张了。但是，社会上充斥着许多'骗人'的图表。刚才电视的广告中就出现了类似的图表哦，还有貌似以圆的直径表示数量的直方图。"

由梨："好厉害哦，哥哥！你这么轻易就识破了。"

我："其实，骗人的图表经常出现哦。

- 纵横轴标示不清的图表
- 刻度不实的图表
- 容易让人误会的图表

这些都经常看到。每当看到图表，只要留意是否使用了'骗人'的图表，你就会发现许多图表都有问题哦。"

由梨："这样啊！"

我："把圆的直径增大 1 倍，圆的面积就会变成原来的 4 倍，这样更能凸显大小上的差异。但是，观看者马上就会察觉不对劲，进而对制图者完全失去信任。"

由梨："也对。这太过明显了。"

1.7 改变横轴

我："总裁想要展现员工人数增加，总经理却不这么想——在这样的设定下，根据制图者的意图，同一份数据可以作成不同的图表。"

由梨："利用圆形直径的直方图太过夸张了。由梨总裁应该会气愤：'总经理不讲理的图表不可原谅！'她想要强调'员工增加很多'的图表。稍微改变纵轴的刻度，就能看起来像是员工增加了很多。"

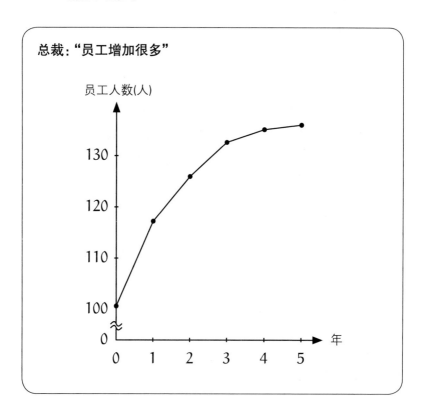

我："除了纵轴以外，改变横轴的刻度也能大幅改变印象。根据同一份数据，只画出第 3 年、第 4 年和第 5 年的数据，折线图感觉像是员工几乎没有增加。"

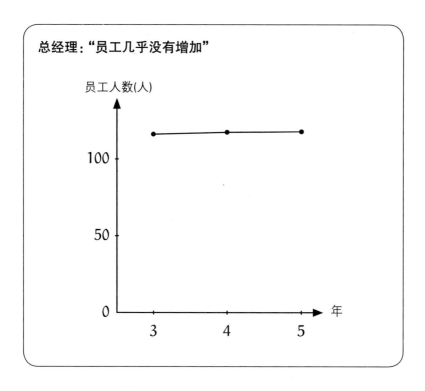

由梨："对哦，除了怎么绘制图表之外，选择数据来绘制图表也很
　　　重要，对吧？哥哥！"

我："没错。切掉图表的左侧，就只能看到数据中近期的数值；相
　　反，延长图表的左侧，就可以看到很久以前的数值，像是著
　　名的股价走势图。"

1.8 股价走势图

由梨："股价？"

我："你听过股票吗？"

由梨："我不太清楚。"

我："公司为了筹集资金可以对外发行股票，股票的交易价格就是股价。当红的公司股票大家抢着买，股价会变高；冷门的公司股票则相反，股价会变低。股价随时都在变化。"

由梨："不是很了解。要怎么知道大家抢着买呢？"

我："我们先不深入探讨股票的买卖，只要知道有股票这样东西，它的价格经常在变化就好了。"

由梨："嗯嗯。"

我："一般人通过证券公司来买卖股票。比如，由梨以 100 元买进某公司的股票，在股份达到 150 元时卖出该股票。这样由梨能够赚到差额 150−100＝50 元。"

由梨："……才 50 元？这样赚不了多少钱吧？"

我："大量买卖股票，就能赚更多钱哦。比如，买进 1 万股单价 100 元的股票，在股份达到 150 元时全部卖出，就能够赚到 50 万元。"

由梨："啊，对哦。"

我："股价直接影响获利，所以，股票投资人才会非常关心股价的变化。比如图 1, 有些人会认为股价持续上涨。"

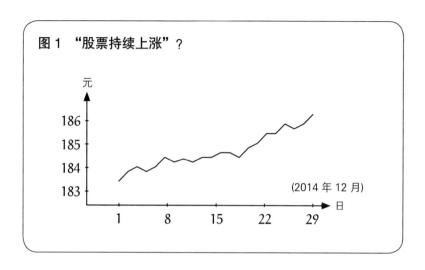

图 1 "股票持续上涨"?

由梨:"这不是很明显吗? 真的在上涨啊。"

我:"真的是这样吗?"

1.9　其实是下跌

由梨:"又是老师模式? 图的刻度没有造假,虽然有些地方股份下跌,但整体不是在上涨吗?"

我:"那么,我们再看同一家公司的另一幅股价走势图吧,比如图 2,你有什么想法?"

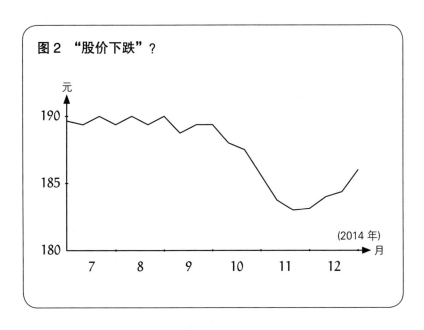

图 2 "股价下跌"？

由梨："咦？这和图 1 完全不同啊。"

我："阅读图表时记得确认纵横轴和刻度哦。"

由梨："对哦……嗯……时间范围不一样。图 1 的范围是一个月；图 2 的范围是半年。"

我："没错。"

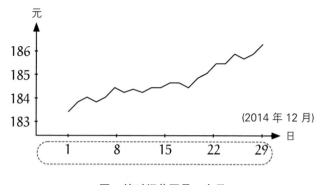

图 1 的时间范围是一个月

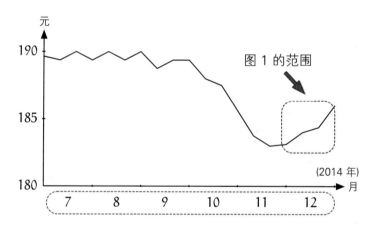

图 2 的时间范围是半年

由梨: "只是改变范围而已,图表就差这么多!"

我: "没错。图 1 显示的只是图 2 的一部分而已。"

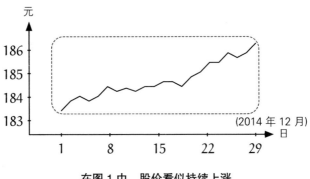

在图 1 中，股价看似持续上涨

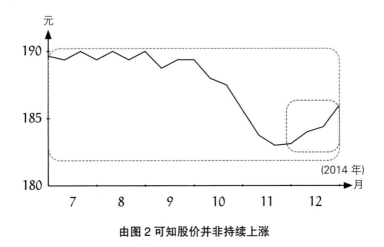

由图 2 可知股价并非持续上涨

由梨："换句话说，股价的实际走势是 7 月、8 月、9 月稳定，后面突然暴跌，到 12 月时才稍微回涨。"

我："没错，就是这样。"

由梨："然后，股价持续上涨是错的。"

我："真的是这样吗？"

1.10 其实是持续上涨

由梨："不对吗？由图 2 来看，确实是这样啊。"

我："我们再看股价图 3 吧。"

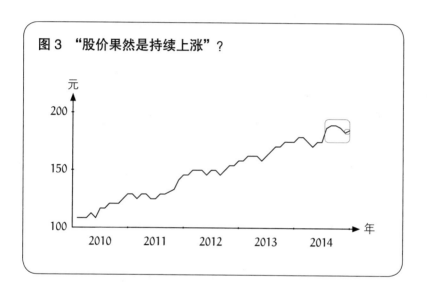

图 3 "股价果然是持续上涨"？

由梨："这次横轴的刻度是年！"

我："没错。图 1 → 图 2 → 图 3，不断拉大时间的范围。"

图 1 "月范围的股价走势是上涨"

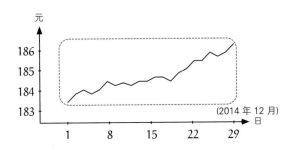

图 2 "6 个月范围的股价走势是稳定→下跌→上涨"

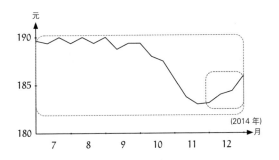

图 3 "5 年范围的股价走势是持续上涨"

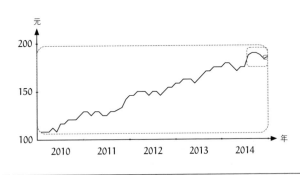

由梨："嗯……但是，时间范围再拉大 10 年，就不知道情况了吧?"

我："没错。"

由梨："这样的话，什么才是'真正的股价走势'? 如果上涨图表的股价未必上涨，那不就没有任何意义了吗?"

我："嗯。所以需要有限制条件，像是这一个月内的股价在上涨之类的。"

由梨："限制条件啊……"

1.11 员工人数的比较

由梨："话说回来，总裁和总经理的勾心斗角结束了?"

我："前面说到，改变图表的刻度可以给人不同的印象。这次来说'怎么不着痕迹地改变刻度'吧。"

由梨："哦?"

我："接下来要说勾心斗角的公司，就别再用由梨的名字，改成'A 公司'吧。假设 A 公司和竞争对手 B 公司的员工人数如下表。"

年	0	1	2	3	4	5
A 公司	100	117	126	133	135	136
B 公司	2210	1903	2089	2020	2052	1950

A 公司与 B 公司的员工人数（单位：人）

由梨："A 公司和刚才一样，人数逐渐增加。"

我："对，没错。那 B 公司呢？"

由梨："2210、1903、2089、2020、2052、1950，嗯……人数有增有减吧？"

我："上面的表格看起来'A 公司员工逐渐增加；B 公司员工有增有减'。"

由梨："嗯嗯，对啊。"

我："真的是这样吗？"

1.12 比较员工人数的图表

由梨："不用怀疑吧……哥哥刚才也这样说了啊。"

我："那么，看过图 4 后，你还是这么认为吗？"

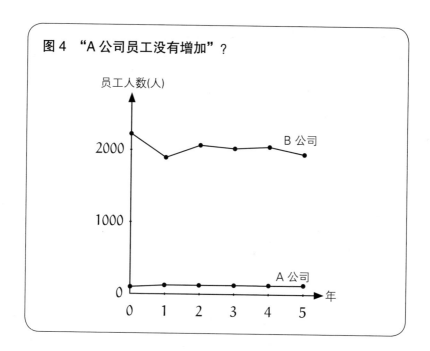

图 4 "A 公司员工没有增加"?

由梨:"这样 A 公司员工看起来就像没有增加!"

我:"你知道这是为什么吗?"

由梨:"我知道! A 公司员工只有 100 多人,而 B 公司员工远多于 100,约有 2000 人。所以,在图 4 中,A 公司员工的增加相较起来不明显!"

我:"就是这么回事。"

由梨:"原来如此⋯⋯嗯,这么说,'A 公司员工逐渐增加'是错误的?"

我:"需要另外补充说明才能这样说哦,比如'A 公司的员工人数逐渐增加,但相对于 B 公司的人数规模,增加幅度比较小。'"

由梨："一般很难这样果断地说出来吧。"

我："当然，事情没有这么简单。所以，若只是秀出图表，不加以说明便下结论是不负责任的行为。"

由梨："嗯…但是'B公司的人数远多于A公司的人数'，不就是如图所示了吗？"

我："真的是这样吗？"

1.13 平分秋色的演出

由梨："不对吗？ 100人和2000人差很多啊。"

我："那么，看过图5后，你还是这么认为吗？"

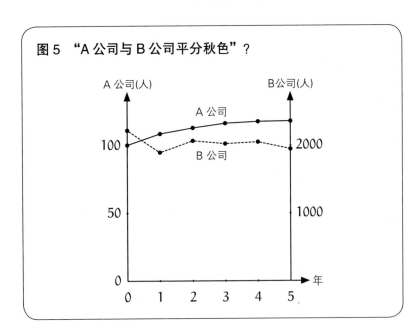

图5 "A公司与B公司平分秋色"？

由梨："哇！哥哥，这样太奸诈了！A 公司和 B 公司的图表刻度
　　　根本不一样嘛！"

我："没错。在图 5 中，A 公司对应左侧的刻度，B 公司对应右侧
　　的刻度。由这张图来看，A 公司和竞争对手 B 公司在人数上
　　像是平分秋色。"

由梨："这张图算是犯规了吧。"

我："就 A 公司和 B 公司的'员工人数比较图'来说，这张图的
　　确不妥。但是，就'员工人数的变化比较图'来说，这张图
　　非常适合哦。"

由梨："变化比较？"

我："你刚才不是也说了吗？A 公司人数逐渐增加，而 B 公司人
　　数有增有减。"

由梨："哦……从图 5 来看，的确是这样没错。"

我："没错。折线图适合用来观察变化。图 5 调整了 A 公司和 B
　　公司的员工规模，借以比较两者的变化。我们有时会想要比
　　较不同规模的事物。"

由梨："原来如此……"

1.14　选择比较对象

由梨："话说回来，真是画了不少图了。"

我："B 公司的规模大于 A 公司，相反，假设 C 公司、D 公司的规模小于 A 公司，比较这三家公司后，A 公司给人的印象会大为改观哦。看一下图 6 吧。"

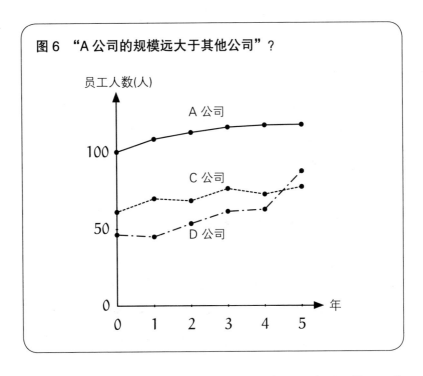

图 6 "A 公司的规模远大于其他公司"？

由梨："这和图 4 的情况相反耶。跟员工比较少的公司比较，A 公司的规模看起来变大了。"

我："没错。"

由梨："这已经偏离图表了，不是在讲'怎么绘制图表'，而是'和哪些公司做比较'了吧。"

我:"嗯,是啊。"

由梨:"嗯……我原先以为图表简单易懂,但其实没有那么简单……"

我:"因为图表含有制图者的意图嘛。"

由梨:"这样还算是数学吗?"

我:"就人为意图改变表现方式来说,制作图表或许偏离数学了吧。"

由梨:"……"

我:"但是,就调查数据的各种维度来说,我想这还算是数学。重要的不是'感觉上',而是'有所根据'。这个时候,图表就是最有效果的表现手法。但是,想通过一张图表来了解全貌,那就大错特错了。"

由梨:"嗯,我也这么想。由一张图表可以知道的事情少之又少,多作几张图表才能了解更多事情。"

我:"说得没错。"

由梨:"听到'如图 6 所示,A 公司的员工人数远多于其他公司',让人忍不住想顶回去:'这图没有标示 B 公司!'"

我:"是啊。数学和图表是不会说谎的,想要混淆是非的是人。"

1.15　市场竞争

由梨:"而且,就算说'远多于其他公司',也不表示员工多就有优势。"

我："说得没错。你真敏锐。"

由梨："嘿嘿。"

我："那么，接着来看 A 公司和 B 公司在产品方面的市场占有率（简称市占率）吧。"

由梨："市场占有率是指什么？"

我："就是哪家产品卖得比较好的意思。假设 A 公司售卖产品 α。"

由梨："像是洗衣机吗？"

我："为什么是洗衣机……算了，也可以啦。为了简化情况，假设市场上只有这 A、B 公司生产洗衣机。假设 A 公司生产产品 α，B 公司生产产品 β。图 7 表示产品 α 和产品 β 在市场上各占多少百分比。"

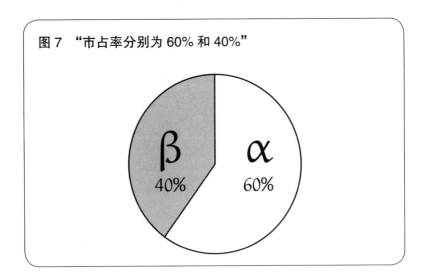

图 7 "市占率分别为 60% 和 40%"

由梨: "这次是圆饼图啊。"

我: "没错。假设整体为 100%，α 和 β 的市占率分别为 60% 和 40%。"

由梨: "A 公司卖得不错嘛。"

我: "可是，A 公司的总裁想要 α 的市占率看起来比较大。"

由梨: "又来了，经商就得这样投机取巧吗?"

我: "于是，总裁制作了图 8。"

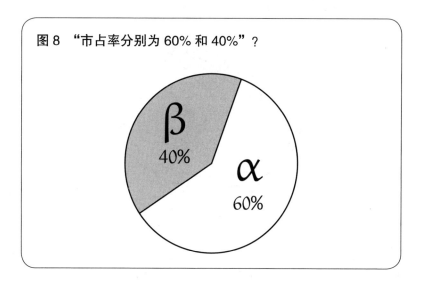

图 8 "市占率分别为 60% 和 40%"?

由梨: "嗯? α 的市占率好像变大了? ……哇，好奸诈! 这张圆饼图上面偏转了!"

我: "没错。圆饼图通常是从 12 点钟方向开始，但图 8 稍微偏转了。α 的扇形角度没改变但稍微偏转，光是这样就能大幅改变给人的印象。"

由梨："是啊。虽然只了偏转了一点。"

我："接着利用远近法。"

由梨："远近法？"

我："如图 9 所示，把圆饼图想象成三维圆板，倾斜某个角度观看。"

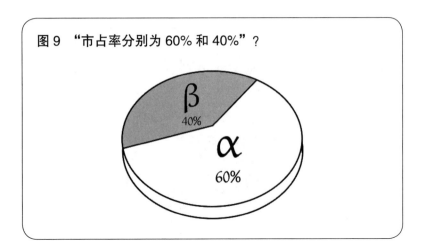

图 9 "市占率分别为 60% 和 40%"？

由梨："这……"

我："在图 9 中，40% 的扇形看起来比较远，β 会显得更小。"

由梨："哇，真的耶。"

我："三维圆饼图非常不好，不妥当，但还有更糟糕的图。"

由梨："什么样的图？"

我："就像图 10。"

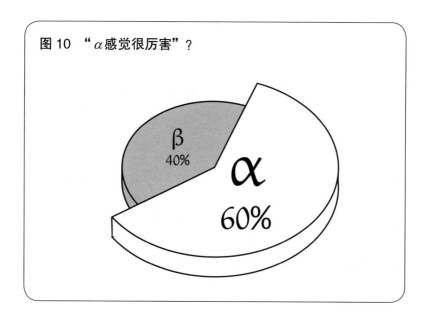

图 10 "α感觉很厉害"？

由梨："这太夸张！太露骨了！"

我："在图 10 中，α 的半径大于 β 的半径，而且 α 的文字也比较大。"

由梨："嗯……"

1.16 比较什么

我："即便不是三维，只是改变比较的事物，也能画出有问题的圆饼图哦。"

由梨："改变比较的事物……但也只有产品 α 和 β 啊？"

我："稍微改变设定，假设产品 β 有 $β_1$、$β_2$、$β_3$ 三种型号，市占率分别为 25%、10%、5%。"

由梨："嗯……意思是 25%＋10%＋5%＝40% 吗？"

我："没错。换句话说，现在要做的是，把产品 β 的市占率细分成
3 个部分。"

由梨："……"

我："即便这样细分，圆饼图本身也没有问题，全部加起来还是
100%。"

由梨："嗯——"

我："这样画出来的圆饼图就像图 11。"

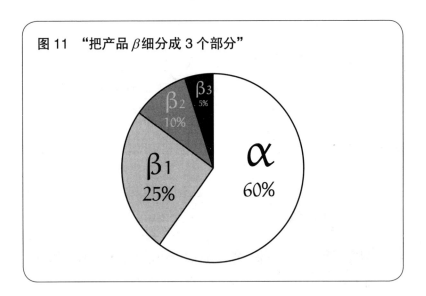

图 11 "把产品 β 细分成 3 个部分"

由梨："这样产品 α 的市占率看起来非常大……"

我："没错。虽然是用同一份数据，只是把产品 β 的'一起比较'

改为'细分比较',给人的印象就完全不同。"

由梨："图表有好多地方可以做手脚。"

我："虽然图表'一目了然',但正因如此才危险,容易误以为自己看懂了。图表表示什么?刻度和纵横轴正不正确?有没有隐藏条件?有没有其他表现方式?如果没有考虑到这些,可能就会被误导。"

由梨："嗯⋯⋯"

"正确,才有其意义。"

第 1 章的问题

●问题 1-1（阅读直方图）

某人欲比较产品 A 与产品 B 的性能，绘制了下面的直方图。

产品 A 与产品 B 的性能比较

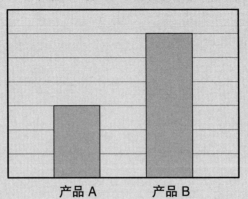

根据此直方图，是否可说"产品 B 的性能优于产品 A"呢？

（解答在第 218 页）

●问题 1-2（阅读折线图）

下图为某年 4 月至 6 月期间，餐厅 A 与餐厅 B 单月来客数的折线图。

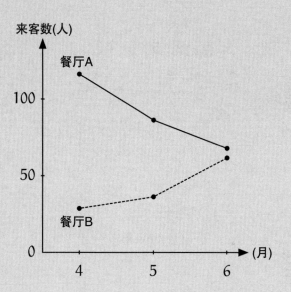

①由此折线图，可以说"餐厅 A 比餐厅 B 利润更高"吗？

②由此折线图，可以说"餐厅 B 在该期间的单月来客数增加了"吗？

③由此折线图，可以说"餐厅 B 的 7 月来客数将多于餐厅 A"吗？

（解答在第 221 页）

●问题 1−3（识破诡计）

某人以下面"消费者年龄层"的圆饼图，主张"该商品的热销年龄层为 10 岁 ~20 岁"。请对此提出反论。

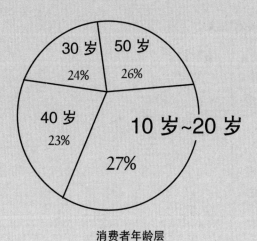

消费者年龄层

（解答在第 224 页）

平均数的秘密

"单一数字能表示什么?"

2.1 测验的结果

今天，表妹由梨绑着马尾、身穿牛仔裤，又跑到我的房间玩耍。

我："由梨，你看起来很高兴哦。"

由梨："嘿嘿，很明显吗?"

我："很明显。你一直在贼笑啊。"

由梨："我哪有贼笑啊，这是微笑好吗?"

我："发生什么好事了吗?"

由梨："嘿嘿，没什么，就刚刚测验啦。"

我："啊，你拿到不错的成绩吧。"

由梨："5 科中，最后发下来的数学，我拿到 100 分!"

我："好厉害! 不过，测验的满分是 100 分吗?"

由梨："这样问好过分! 当然是满分 100 分啊! 这次测验，其他 4 科考砸了，数学刚好救了回来。"

我："数学考 100 分，提高了平均分数嘛。"

由梨："对啊。多亏了数学，平均分数提高了 5 分！"

我："原来如此，由梨 5 科的平均分数是 80 分啊。"

由梨："嗯嗯！等一下！"

我："唉？不对吗？"

由梨："为什么哥哥会知道我的平均分数？"

我："当然知道啊……"

由梨："你听谁说的？"

我："……你自己说的。"

由梨："我才没有说！我只说——

- 最后 1 科数学拿到 100 分

- 多亏数学，平均分数提高了 5 分

——而已啊！"

我："稍微算一下就知道了啊。"

由梨："嗯？"

我："这就像解数学题嘛。"

问题 1（计算平均分数）

由梨应考 5 科各科满分 100 分的测验。

最后 1 科数学拿到 100 分。

平均分数因此提高了 5 分。

试问由梨的 5 科平均分数为多少？

由梨："别换成数学题啦！"

我："这很容易解哦。"

由梨："的确……这可以解开。呜——太大意了！数学 100 分，提高平均分数 5 分，另外 4 科分得 20 分，所以 5 科的平均分数等于数学的 100 分减去 20 分等于 80 分嘛……"

我："咦？你是怎么算的？"

由梨："咦？我是把'数学 100 分'超过'5 科平均分数'的分数，'平分给剩余的 4 科'。"

我："平分吗？"

由梨："因为另外 4 科必须各提高 5 分，所以要从数学分出 5×4＝20 分。因此，5 科的平均分数会是数学的 100 分减去 20 分。"

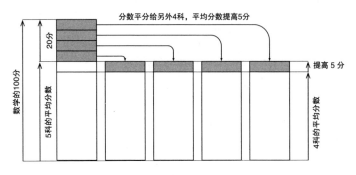

由梨的想法
（将数学的分数分给另外 4 科，平均分数提高 5 分）

我："啊啊，原来如此。把数学的分数分给另外 4 科，平均分数提高 5 分，这样全部科目的分数就会相同。这的确很好理解。"

由梨："嘿嘿。"

我："我的解法是这样：假设数学以外的 4 科平均分数为 x 分，则 4 科总分数为 $4x$ 分。加上数学的 100 分后，则 5 科的总分数会是 $4x+100$ 分。然后，因为 5 科的平均分数比 4 科的提高 5 分，所以 5 科的平均分数为 $x+5$ 分。换句话说，5 科的总分数会是 $5(x+5)$ 分。由这两种角度来想 5 科的总分数，可得出："

$$4x+100 = 5(x+5)$$

求解以上一次方程式，可得 $x=75$，所以 4 科的平均分数是 75 分，而 5 科的平均分数是 80 分。"

由梨："咦？哥哥是这样心算出来的?"

我："对啊，这又不难。要详细写下来也可以——

$$4x+100=5(x+5) \quad 上面的一次方程式$$

$$4x+100=5x+25 \quad 展开右式$$

$$100-25=5x-4x \quad 进行移项$$

$$x=75 \quad 计算后，交换左右式$$

——结果会一样。"

由梨："真的耶……不对啦！你怎么可以这样若无其事偷算我的成绩？好过分。"

我："抱歉、抱歉。"

由梨："一不小心就中了数学的诡计！"

我："这才不是什么诡计呢……"

解答 1（计算平均分数）

由梨的 5 科平均分数是 80 分。

由梨："真的不能小看平均数……"

我："平均数是代表值之一。"

由梨："代表值?"

2.2 代表值

我："不只限于测验成绩，生活和工作中经常要处理大量的数据。但是，数据过多反而不好处理，所以会想用'1 个数值'来做代表。只要算出这个数值，即便不知道每项数值，也能对整体数据有某种程度的掌握，这个数值就是代表值。平均数是代表值的一种，又称为平均值。"

由梨："哦——"

我："前面的计算没有揭露由梨全部科目的成绩。虽然知道数学成绩是 100 分，但其他科目就不知道了。比如，数学成绩是 100 分，剩余 4 科全部都是 75 分，5 科平均分数也会是 80 分，但并不知道实际的分数。"

由梨："这次成绩是被社会拉低的。"

我："但是，知道平均分数 80 分后，就能大致掌握整体成绩。5 科平均分数 80 分，5 科总分会是 400 分。"

由梨："别管具体的分数啦！"

我："你在这次测验数学拿到 100 分，100 分是 5 科成绩中的最大值。最大值也是代表值的一种哦。"

由梨："啊，原来代表值不是只有平均数啊。"

我："没错，代表值还有很多种哦。跟最大值一样，最小值也是代表值之一。这次考差的社会是多少分呢？"

由梨："我才不说。不要这样一直追问啦！"

我："不想回答吗？那就不逼问你的成绩了。"

由梨："当然啊！不过，最大值怎么会是代表值之一呢？"

我："为什么这样想？"

由梨："因为最大值是数据中最大的数值啊，不论其他的数值有多么小，最大值都不会改变吧？这样也可以作为代表值吗？"

我："嗯。最大值、最小值都是代表值的一种。我了解你想说的。的确，不论数据中的数值多么小，最大值都不会改变。比较两个班级的数学成绩，假设 A 班和 B 班都有 1 位以上的学生拿到 100 分，两班的成绩最大值同样都会是 100 分。"

由梨："对啊。甚至可能 A 班只有一位学生拿到 100 分，其他人都拿到 0 分；B 班则全部都拿到 100 分。明明差这么多，两班的最大值都是 100 分啊！这样根本不能说是代表全部数据的代表值啊！"

我："嗯。在调查'A 班和 B 班整班成绩的好坏'时，的确不适合使用最大值。代表值有很多种，不同的情况需要使用不同的代表值。另外，在讨论数据的情况时，也要注意对方'使用哪种代表值'。"

由梨："有使用最大值作为代表值的情况吗？"

我："当然有啊。测验、运动会等，都会关心'最大的数值'。比如，马拉松选手历史最快的纪录，表示了该选手的最大能力，掌握这个很重要。"

由梨："原来如此，也对啦。但是，哥哥，马拉松是比时间，选手不是看'最大值'而是看'最小值'哦！"

我："呜……"

由梨："代表值只有平均数、最大值、最小值三种吗？"

我："还有其他的哦，比如众数。"

由梨："众数？"

2.3 众数

我："在开始讲众数之前，先来说不适合使用平均数的情况。平均数经常作为代表许多数值的代表值，但也有单就平均数无法表达的情况。比如，你前面举的极端例子：假设全部学生有10人——

- 1 位学生拿到 100 分
- 剩余 9 位学生全拿到 0 分

——的情况。"

由梨："一人完胜！"

我："此时的平均分数……也就是分数的平均数是？"

由梨："总分只有 1 位学生的 100 分，人数共有 10 人，所以

$100 \div 10 = 10$，平均分数为 10 分。"

我："没错。全员总分除以人数，得到平均分数为 10 分。这个平均数在计算上是正确的，但你不觉得奇怪吗？"

由梨："'平均分为数 10 分'感觉像是'大部分的人拿到 10 分'。"

我："是啊，一般会这么想，但这次的情况是，几乎所有学生都拿到 0 分，'因为平均分数是 10 分，所以大部分的人拿到 10 分'这个说法在结论上有偏误。"

由梨："在计算上正确，但在结论上不正确，好奇怪哦！"

我："这是因为……

- 如何计算平均数
- 如何解释平均数

是两件不同的事情。即便平均数在计算上正确，得到的平均数也未必有代表性。"

由梨："意思是'大部分的人拿到 10 分'的结论不正确？"

我："是的。虽然说'平均分数为 10 分'，但不能说'大部分的人都拿到 10 分'。"

由梨："可是，就算 10 人中有 9 人拿到 0 分，也不能说：'这边的平均分数是 0 分！'吧？"

我："不能哦。我们不能随便改变平均数的计算方式。"

由梨："对哦，不要用平均数，使用最小值不就好了？'最小值是

0，所以有人拿到 0 分'，这样结论就没问题了吧？"

我："想法不错。但是，就'一人完胜'的数据来说，最小值无法表现'拿到 0 分的人很多'。"

由梨："也对……"

我："在某些情况下，平均数有时不能完整呈现数据的全貌。这个时候，就会使用其他代表值。众数就是其中之一。众数的'众'是指众多的'众'。以前面的例子来说，拿到 100 分的有 1 人、拿到 0 分的有 9 人，拿到 0 分的人数最多。这样的情况下，'众数是 0'。"

由梨："原来如此。对哦！说'众数是 0'，就能表示'拿到 0 分的人最多'吗？"

我："就是这么回事。这才是正确的结论哦，由梨。到这边，最大值、最小值、平均数、众数等代表值就出现了。"

由梨："全部的代表值就这些？"

我："没有。代表值还有很多哦，比如还有中位数。"

2.4 中位数

我："10 位学生应考满分 10 分的测验，结果如下。"

分数	0	1	2	3	4	5	6	7	8	9	10
人数	1	2	2	1	3	0	0	0	0	0	1

由梨:"拿到最高分数 10 分的人,遥遥领先他人。"

我:"最大值是 10、最小值是 0,平均数是多少?"

由梨:"嗯……全部人的总分除以人数,先把分数乘上人数……

分数	0	1	2	3	4	5	6	7	8	9	10
人数	1	2	2	1	3	0	0	0	0	0	1
分数 × 人数	0	2	4	3	12	0	0	0	0	0	10

全部加起来除以 10 对吧? $(2+4+3+12+10) \div 10 = 31 \div 10 = 3.1$,

所以平均数是 3.1。"

我:"这样就可以了,平均数是 3.1。再来,因为拿到 4 分的人数

最多,所以众数是 4。"

分数	0	1	2	3	4	5	6	7	8	9	10
人数	1	2	2	1	3	0	0	0	0	0	1

由梨:"然后呢?"

我:"由这份数据可知,有 1 人表现出众,分数遥遥领先他人,

拉高了整体的平均数。"

由梨:"可是,这不是理所当然吗?"

我:"是啊。这种差距非常大的数值称为离群值,根据情况,有时

要使用不受该离群值影响的代表值,像是中位数。"

由梨:"中位……中间的数值?"

我:"没错。把学生的成绩按高低排成一列,位于正中间的学生分

数就是中位数。换句话说，在某个分数以上和以下的学生人数相等，该分数的数值就是中位数。啊，如果有人同分，人数可能会不相等。"

由梨："嗯……"

我："哪里有问题吗？"

由梨："哥哥不是常说'举例为理解的试金石'吗？所以我想用前面的数据来想中位数……但总人数 10 人是偶数，没有正中间的人啊！"

我："啊，如果遇到总数为偶数时，会以中间 2 人的平均分数作为中位数哦。"

由梨："原来如此。这样一来，这份数据的中位数会是，从右数第 5 人和从左数第 5 人的平均分数？"

我："是的。"

由梨："从右数第 5 人是 3 分、从左数第 5 人是 2 分，平均分数是 2.5 分，所以中位数是 2.5？"

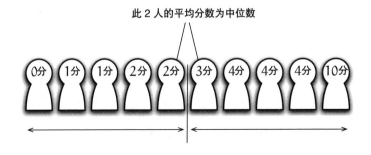

此 2 人的平均分数为中位数

我:"嗯,正确。"

各种代表值

分数	0	1	2	3	4	5	6	7	8	9	10
人数	1	2	2	1	3	0	0	0	0	0	1

最大值　10　（10 分为最大的数值）

最小值　0　（0 分为最小的数值）

平均数　3.1　（总分除以人数为 3.1 分）

众数　4　（拿到 4 分的人最多）

中位数　2.5　（分数按高低排序后,位于正中间的分数。

这边为偶数人,所以取中间两人的平均分数

为 2.5 分）

由梨："哥哥，我了解这些代表值了，但有这么多种类，到底要用哪个作为代表才好？这么多不是很混乱吗？"

我："哈哈，说得也是。我们还是需要'有代表性的代表值'。"

由梨："我了解我们经常使用的平均数、最大值和最小值，而众数是数量最多的数值，但中位数就有点搞不清楚了。"

我："咦？会吗？中位数不是很好理解吗？就分数按高低排序取中间的即可……"

由梨："有平均数和众数不就好了吗？"

我："没有这回事哦。新闻上也常看到，在谈论年收入、资产时，中位数扮演很重要的角色。"

由梨："是哦——"

我："中位数不受数据中的'离群值'影响，所以，即便出现家财万贯的大富豪，中位数也不受影响。"

由梨："啊，原来如此……但是，如果大部分的人都是大富豪，中位数不就会受到影响吗？"

我："如果大部分的人都是大富豪，大富豪的资产数就不是'离群值'了。"

由梨："对哦。"

我："当然，我们难以单一代表值掌握数据的全貌，总会有不足的地方。"

由梨："不足的地方？"

我："简单来讲，单一代表值无法概括整个数据。"

由梨："不过，为什么一定要以单一数值表示呢？只要画出图表，就能掌握数据的全貌了啊？"

我："图表的确很重要，但代表值也有很多便利的地方，比如许多数据是每年都在变化的，此时代表值就很有帮助。"

由梨："对哦，在繁杂的数字中找出有代表性的单一数值，比较容易调查变化啊。那画出平均数的图表呢？"

我："那也是一种观察数据的方法。"

由梨："咦？我还有一个疑问：平均数出现在图表的哪里？"

2.5 直方图

我："你说'平均数出现在哪里？'是什么意思？"

由梨："我们不是会将下面的数据画成图表吗？"

分数	0	1	2	3	4	5	6	7	8	9	10
人数	1	2	2	1	3	0	0	0	0	0	1

我："是啊，会像这样画成直方图。"

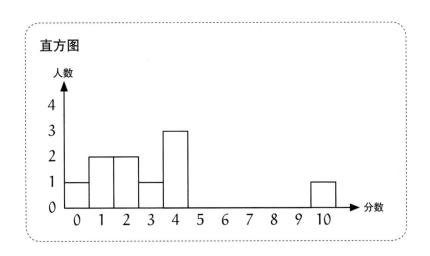

由梨："就是这个。哥哥前面说的代表值全部都能从图表中看出来对吧？"

我："从图表中看出来？"

由梨："像是最小值和最大值所在的位置啊。"

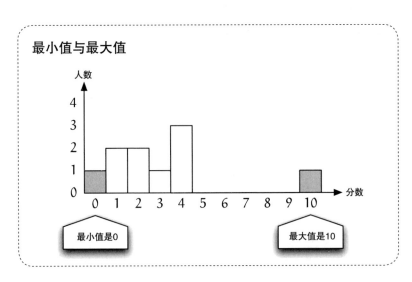

我："啊，你想说这个啊。"

由梨："然后，众数是人数最多的分数，对吧?"

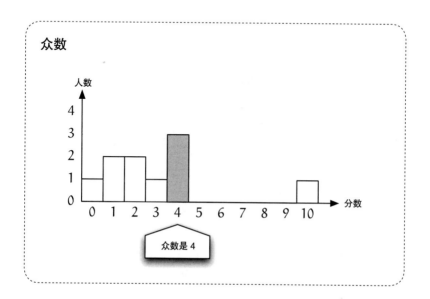

我："没错。然后，中位数是……"

由梨："中位数是在左右面积正好相等的地方!"

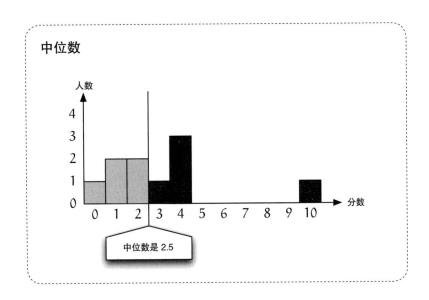

我："没错！你的思维非常清晰。"

由梨："中位数是 2.5。以 2.5 分的位置为分隔线，左边正好有 5
人，右边也正好有 5 人！"

我："就是这样！中位数会将直方图分成左右两半，两边的面积会
相等。但若有同分的人，就不会分得那么刚好了。"

由梨："那不重要，问题是平均数出现在图表的哪里？原先以为最
了解的平均数，却不知道它在哪里。"

我："问得不错。这个例子中的平均数是 3.1，线会画在这里。平
均数会在中位数的右边，因为拿到 10 分的学生拉高了平均
分数。"

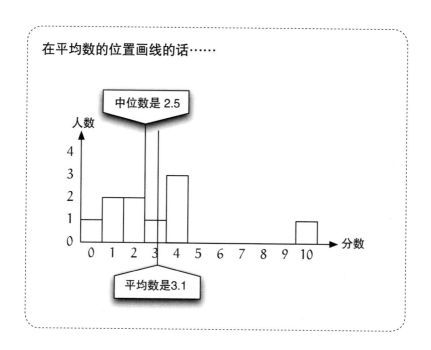

由梨："不是啦。我知道平均数在那里。我要问的不是那个，该怎
　　么说……"

我："数据的中位数对应'直方图上两边面积相等的位置'，你想
　　问的是平均数对应直方图上的哪个位置吗?"

由梨："对。有这样的位置吗?"

我："这个问题的确很难。"

由梨："咦——哥哥也不知道吗?"

我："不，我知道哦。"

由梨："那就别卖关子了!"

我："我们先来解这个问题吧。"

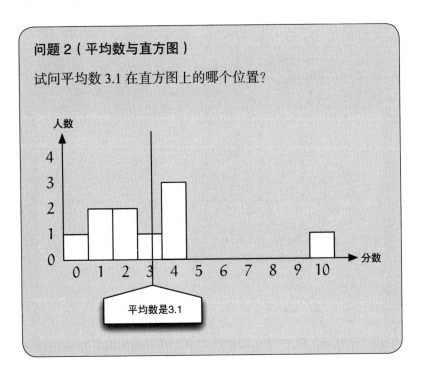

问题 2（平均数与直方图）

试问平均数 3.1 在直方图上的哪个位置?

平均数是3.1

由梨："不用特地改成数学题啦!"

我："只要试着回想平均数的计算方式，就能知道答案哦!"

由梨："相乘后相除。"

我："什么乘上什么，再除以什么呢?"

由梨："分数乘上人数，全部加起来后，再除以总人数。"

$$\frac{0\times(0分的人数)+1\times(1分的人数)+\cdots+10\times(10分的人数)}{总人数}$$

我："正确。换句话说，这是各分数乘上'该分数的人数'的
　　　'重量'。"

由梨："重量……我知道了！哥哥说的是两边取得平衡的地方！"

我："没错，非常正确。把直方图的高度看作是'重量'，平均数
　　　刚好在横轴的重心位置哦。"

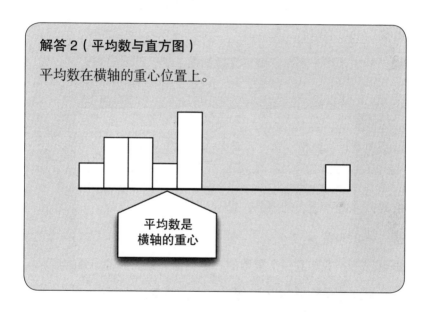

解答 2（平均数与直方图）

平均数在横轴的重心位置上。

平均数是
横轴的重心

由梨："原来如此，这样我就懂了。拿到 10 分的人离重心比较远，
　　　即使只有 1 个人，还是会影响平均数呢。"

我："就是这么回事。虽然拿到 10 分的人是离群值，但却对平均
　　　数带来非常大的影响。所以，出现离群值的时候，除了平均
　　　数之外，还得确认中位数，否则可能误判数据的全貌。"

由梨："是哦……"

2.6 众数

我："代表值有各自的使用时机哦。"

由梨："咦？可是众数不就非常好用吗？众数是数量最多的数值，这不就有它的调查价值吗？"

我："众数是有调查价值，但在某些情况下不适合作为代表值哦。"

由梨："咦？有吗？"

我："我来出个小测验，解答完就知道了。"

小测验

请思考在哪些情况下，众数不适合作为代表值？

由梨："众数不适合的情况，想不到呢……"

我："真的吗？"

由梨："……我想到一个很蠢的答案，像是全班都考同分的情况！全班的分数都一样，就决定不了众数啊。"

我："不对，全班同分，还是能决定众数哦，那个分数就是众数。你想要说的应该是'各分数的人数都一样'吧？"

由梨："啊，就是这样。"

我："各分数的人数都一样……也就是说，在均匀分布的情况下，无法决定众数。"

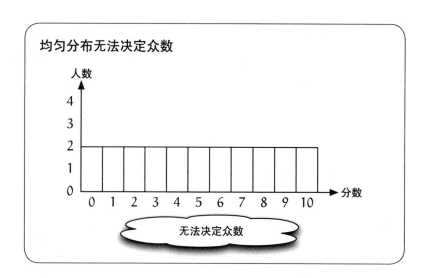

由梨：“答案只有这个？”

我：“还有其他答案哦，像这样的直方图也无法决定众数。”

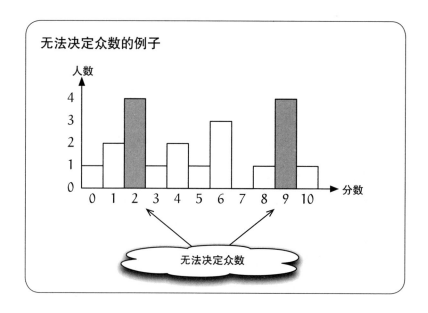

由梨："真的耶。"

我："如果直方图中两个"山峰"人数不完全相等，还是能够决定众数，但人数差距过小，反而会失去意义，因为只差一点点，众数就完全不一样了。众数只有在某个数值占多数的时候适合作为代表值。"

由梨："原来如此！我想到'代表值攻击法'了！"

我："那是什么？"

2.7 代表值攻击法

由梨："哥哥前面不是提到'众数不能作为代表值的情况'吗？"

我："是啊。"

由梨："这正是'攻击'代表值的方法。然后，我就想到找出'不适合作为代表值的情况'了！锵锵！"

我："别在那'锵锵！'了。平均数随时都能计算啊。"

由梨："平均数随时都能计算，但哥哥前面不也说过，如果有较大的离群值，除了平均数之外，还得看中位数吗？"

我："我是说过……"

由梨："这就是我想到的'代表值攻击法'！锵锵！"

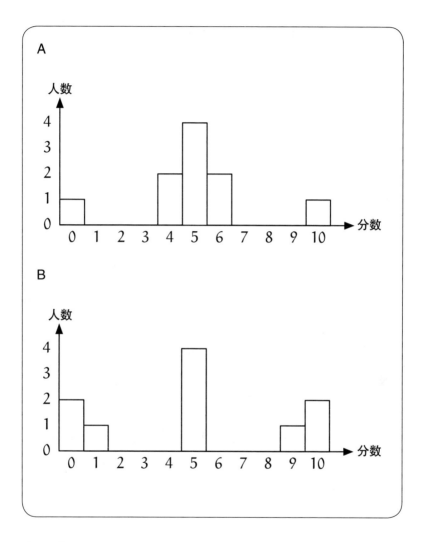

我："哦——?"

由梨："你瞧。在上图 A、B 中,'最大值、最小值、平均数、众数、中位数'都没办法区分! 但 A 和 B 却不是相同的情况。

那么，面对这样的攻击，代表值该如何反击呢？"

我："你是在和谁战斗？"

由梨："和哥哥啊。"

我："的确，A 和 B 的情况都是：

- 最大值为 10
- 最小值为 0
- 平均数为 5
- 众数为 5
- 中位数为 5

A 和 B 的 5 种代表值都相同——不过啊，由梨，代表值只是一个数值而已，不是每次都能区别分布情况哦……不对，这里可以使用那个。"

由梨："哪个？"

我："我这样反击好了。这边不用代表值的说法，改称为统计量吧。"

问题 3（讨论统计量）

试想区分以下 A 和 B 的统计量。

A

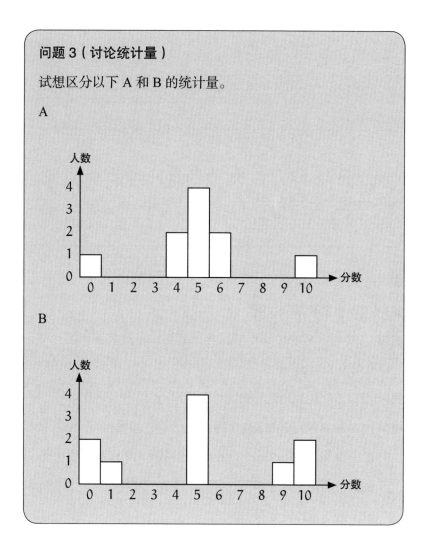

B

A

分数	0	1	2	3	4	5	6	7	8	9	10
人数	1	0	0	0	2	4	2	0	0	0	1

B

分数	0	1	2	3	4	5	6	7	8	9	10
人数	2	1	0	0	0	4	0	0	0	1	2

由梨："又改成数学题了！哥哥是要和谁战斗啊！"

我："我没有要和谁战斗啊。"

由梨："好不容易才想到不能区分的数据，竟然要我想出区分 A 和 B 的统计量……"

我："没错。你能想出这样的统计量吗?"

由梨："A 和 B 刚好都在正中间平衡，所以平均数相同；A 和 B 都在正中间出现山峰，所以众数也相同；A 和 B 都是左右对称，所以中位数也相同；A 和 B 的最小值与最大值都为 0 和 10，这要怎么区分啊……?"

我："放心，你想得到的。"

由梨："硬要区分的话，B 的两端比较'重'吧?"

我："哦哦，想法不错哦。"

由梨："嗯……能不能给点提示……（偷瞄）。"

我："那么，你试着从'距离平均数有多远？'来想吧。"

由梨："啊……这不就是答案吗？只需要把和平均数相差分数加起来吧！"

我："把数据中的各项数值减去平均数，所得到的数值称为偏差。"

由梨："标准分数①？"

我："不对。标准分数和偏差不一样。你刚才说的'把和平均数的相差分数加起来'是指'相加偏差'吗？"

由梨："嗯……大概吧。啊，还要乘上人数。"

我："你试着计算看看。"

由梨："A 和 B 的平均数都是 5 分，所以减去 5 就行了。"

计算 A 的偏差

偏差 = 分数 − 平均

分数	0	1	2	3	4	5	6	7	8	9	10
偏差	−5	−4	−3	−2	−1	0	1	2	3	4	5
人数	1	0	0	0	2	4	2	0	0	0	1
偏差 × 人数	−5	0	0	0	−2	0	2	0	0	0	5

相加求和：

$$-5+(-2)+2+5=0$$

---

① 日文为"偏差值"。又称 Z 分数（Z Score），是指以标准差为单位表示一个原始分数在团队中所处位置的相对位置量数。

由梨："哦——A 刚好是 0 耶!"

我："……"

由梨："接着来算 B。"

计算 B 的偏差

偏差 = 分数 − 平均数

分数	0	1	2	3	4	5	6	7	8	9	10
偏差	−5	−4	−3	−2	−1	0	1	2	3	4	5
人数	2	1	0	0	0	4	0	0	0	1	2
偏差 × 人数	−10	−4	0	0	0	0	0	0	0	4	10

相加求和：

$$-10+(-4)+4+10=0$$

由梨："唉呀……A 和 B 都是 0，没办法区分!"

我："任何数据的偏差相加一定会是 0 哦。"

由梨："咦? 一定吗?"

我："一定哦。假设这边有 a、b、c 3 个数值构成的数据，则平均数 m 会是："

$$m = \frac{a+b+c}{3}$$

对吧?"

由梨:"是啊。"

我:"偏差分别是 $a-m$、$b-m$、$c-m$,这样相加会是?"

由梨:"相加会是 $(a-m)+(b-m)+(c-m)$……

$$(a-m)+(b-m)+(c-m) \quad \text{偏差的相加}$$

$$= a+b+c-3m \qquad\qquad \text{拿掉括号}$$

$$= a+b+c-3\times\frac{a+b+c}{3} \quad \text{因为} \; m=\frac{a+b+c}{3}$$

$$= a+b+c-(a+b+c)$$

$$= 0$$

……算出来了,真的会是 0 !"

我:"对吧。这边只试了 3 项,改成 n 项也是相同的结果哦。'偏差相加'必为 0,所以不能用来区分 A 和 B。"

由梨:"这样啊……对了! 因为同时出现正负号,所以才会不行!那取绝对偏差就好了!"

我:"由梨真是聪明。那么,你试着算算看吧。"

由梨:"很简单啊!"

计算 A 的绝对偏差

分数	0	1	2	3	4	5	6	7	8	9	10
绝对偏差	5	4	3	2	1	0	1	2	3	4	5
人数	1	0	0	0	2	4	2	0	0	0	1
绝对偏差 × 人数	5	0	0	0	2	0	2	0	0	0	5

相加求和：

$$5+2+2+5=14$$

计算 B 的绝对偏差

分数	0	1	2	3	4	5	6	7	8	9	10
绝对偏差	5	4	3	2	1	0	1	2	3	4	5
人数	2	1	0	0	0	4	0	0	0	1	2
绝对偏差 × 人数	10	4	0	0	0	0	0	0	0	4	10

相加求和：

$$10+4+4+10=28$$

由梨：“算出来了！ A 的绝对偏差和值是 14、B 的绝对偏差和值
是 28，这样就能区分了！”

由梨的解答 3（讨论统计量）

作为区分 A 与 B 的统计量，由梨想到“绝对偏差”的和值。

A 计算后得 14、B 计算后得 28，确实能够加以区分。

我：“好厉害。你做到了。”

由梨：“厉害吧。”

我：“由梨想到用‘绝对偏差的和值’来区分 A 和 B，不过除了
‘绝对偏差’之外，还可以用‘偏差平方’来做。”

由梨：“偏差平方？”

我：“因为负数的平方也会是正数。而且，要是先乘上对应的人
数，再除以总人数求平均数，就能比较 A 和 B 人数不同的
情况了。将偏差平方来求平均，也就是求‘偏差平方的平
均数’。”

计算 A 的"偏差平方的平均数"

分数	0	1	2	3	4	5	6	7	8	9	10
（偏差）^{2}	25	16	9	4	1	0	1	4	9	16	25
人数	1	0	0	0	2	4	2	0	0	0	1
（偏差）^{2} × 人数	25	0	0	0	2	0	2	0	0	0	25

相加求和：

$$偏差平方的平均数 = \frac{25 + 2 + 2 + 25}{10} = 5.4$$

计算 B 的"偏差平方的平均数"

分数	0	1	2	3	4	5	6	7	8	9	10
（偏差）^{2}	25	16	9	4	1	0	1	4	9	16	25
人数	2	1	0	0	0	4	0	0	0	1	2
（偏差）^{2} × 人数	50	16	0	0	0	0	0	0	0	16	50

$$偏差平方的平均数 = \frac{50 + 16 + 16 + 50}{10} = 13.2$$

由梨："……"

我："这个'偏差平方的平均数',称为方差。"

由梨："方差?"

我："是的。方差是用表示数据'离散程度'的统计量。A 的方差是 5.4,B 的方差是 13.2,B 的方差比较大,所以 B 的数据比较'离散'。"

我的解答 3(讨论统计量)

将"偏差平方的平均数",作为区分 A 与 B 的统计量。A 计算后得 5.4,B 计算后得 13.2,确实能够区分两者。此统计量称为方差。

2.8　方差

由梨："……"

我："不好懂吗?"

由梨："哥哥,'平均数'和'偏差平方的平均数'是不是不一样啊?"

我："是啊,当然不一样。'平均数'是每个人的分数相加再除以人数的数值;'偏差平方的平均数'是每个人的偏差平方相加再除以人数的数值。你想问什么?"

由梨："嗯……跟前面一样，我在想：'方差'出现在直方图上的哪里？"

我："哦……"

由梨："等一下！我正在想！"

我让由梨自己思考一下。

由梨进入思考模式时，她栗色的头发似乎闪耀着金色的光辉。

我："……"

由梨："放弃就行了！"

我："投降了？"

由梨："才不是！我是说放弃原本的直方图，换成'偏差平方的直方图'就行了！"

我："哦哦！"

由梨："这样一来，重心就会放在'方差'！"

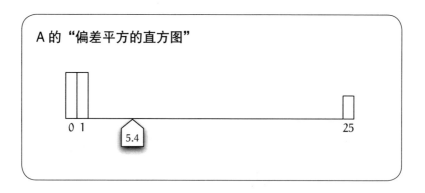

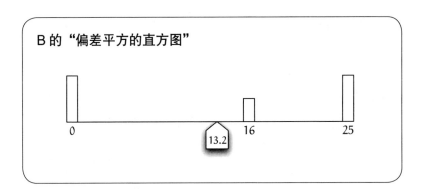

我:"'偏差平方'的重心啊。这很有意思!"

"如此繁多的数值能够表示什么?"

第 2 章的问题

●问题 2-1（代表值）

10 人参加测验，满分 10 分，分数如下表所示：

测验编号	1	2	3	4	5	6	7	8	9	10
分数	5	7	5	4	3	10	6	6	5	7

试求分数的最大值、最小值、平均数、众数、中位数。

（解答在第 226 页）

●问题 2-2（代表值的结论）

试指正下述结论的偏误。

①测验的学年平均分数 62 分，所以拿到 62 分的人最多。

②测验的学年最高分 98 分，所以只有一人拿到 98 分。

③测验的学年平均分数 62 分，所以成绩高于 62 分和低于 62 分的人数相同。

④应考者事先被告知："这次期末考，所有学生的分数都必需高于学年平均分数。"

（答案在第 227 页）

●问题 2-3（数值的追加）

某次测验，100 位学生的平均分数是 m_0，算完后才发现漏掉了第 101 位学生的分数 x_{101}。为了避免全部从头来过，将已知的平均分数 m_0 和第 101 位学生的分数 x_{101}，代入下式求新的平均分数：

$$m_1 = \frac{m_0 + x_{101}}{2}$$

试问此计算正确吗？

（解答在第 230 页）

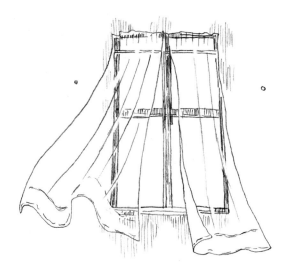

标准分数的惊奇感

"人们会对'不常见的事物'感到惊奇。"

3.1 学校的图书室

放学后，我和学妹蒂蒂在学校的图书室里闲聊。

我："前几天我和由梨讨论了方差。"

蒂蒂："我之前就觉得由梨的想法很特别。关于方差，竟然能理解得这么透彻……"

蒂蒂边说边点头。

我："好像真的是这样。由梨讨厌麻烦的事，做事总是三分钟热度，所以才希望在思考后瞬间理解吧。"

蒂蒂："学长，听完你和由梨的讨论，我开始担心起来了。"

我："担心什么？"

蒂蒂："我担心……自己真的了解方差吗？"

我："这样啊。方差简单地说就是'离散程度'。方差越大，表示数据的数值——比如测验的分数——分布范围越广。"

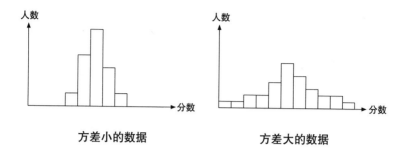

方差小的数据　　　　方差大的数据

蒂蒂："啊，不是的。我了解方差表示'离散程度'，计算上应该也没问题。我担心的是即使知道这些，自己也没有真正了解方差。"

我："这样啊。方差表示'离散程度'——我在听到这样的说明之后，马上就理解了。"

蒂蒂："啊，我似乎没有办法立刻就理解……明明知道定义和计算方式，却还是不懂，这很奇怪吧？"

我："不会。自己不懂的地方，通常背后都有重要的信息。特别是数学，需要花时间思考弄懂。蒂蒂擅长这样的思考模式嘛。"

蒂蒂："嗯？"

我："这么说吧，'我哪里不了解？''我正在想什么？纠结点在哪？'，你常有这样的疑虑。你能客观审视自己是否已经理解。由梨就不擅长这样的思考模式。和由梨讨论事情时，她有时会不知道自己想要说什么。"

蒂蒂："我才没有客观审视自己……但是，我真的想弄懂，搞清楚不懂的地方。"

我："像是方差?"

蒂蒂："对,没错!"

　　蒂蒂边说边握紧双拳,大力点头。

___

3.2 平均数与方差

我："看到平均数和方差的数学式,我就了解它们在说什么了,比
　　如平均数可以这样想。"

平均数

假设有 n 个数值,这 n 个数值统称为数据。数据中的 n 个数
值分别为:

$$x_1, x_2, \cdots, x_n$$

此时,数据的平均数会是:

$$\frac{x_1 + x_2 + \cdots x_n}{n}$$

蒂蒂："嗯,这个没有问题,还算容易理解。"

我："然后,方差可以这样想。"

> **方差**
>
> 假设数据 $x_1, x_2, \cdots, x_n$ 的平均数为 μ。
>
> 数值 x_1 与平均数 μ 的差值，即为 x_1 的偏差：
>
> $$x_1 - \mu$$
>
> 同理，分别求得 x_2 的偏差、x_3 的偏差、……、x_n 的偏差。
> $x_1, x_2, \cdots, x_n$ 的偏差的平方，其平均数即为方差。因此，方差为：
>
> $$\frac{(x_1 - \mu)^2 + (x_2 - \mu)^2 + \cdots + (x_n - \mu)^2}{n}$$

蒂蒂："嗯，这是方差的定义吗？"

我："对，没错。你觉得哪里有问题？"

蒂蒂："嗯……方差是一个数值。"

我："没错，这是从数据中算得的一个数值。拿到一份数据后，由这份数据的数值算得方差。和平均数一样，方差也是一个数值，用来表示'离散程度'。"

蒂蒂："我想自己是觉得'离散'的说法有问题。一听到'离散'，就会认为应该要有许多数值。只有一个数值，根本不可能离散啊。"

我："嗯，这个想法并不奇怪。实际上，如果数据只有一个数值，"

方差肯定为 0。"

蒂蒂："但是，方差是一个数值啊。明明是一个数值，却用来表示
　　　'离散程度'，好像怪怪的……"

我："你是有这个疑问吗？那只是单纯的误解而已。数据包含了许
　　多数值，比如 $x_1, x_2, x_3, \cdots, x_n$。然后，各数值有些会和平均数
　　一致，有些则不一致，会和平均数有'差距'。"

蒂蒂："嗯，这我知道。"

我："偏差表示和平均数的'差距'。假设平均数为 μ，则数值 x_1
　　的偏差是 $x_1 - \mu$。偏差可能为正数或负数，也可能为 0。但
　　是，偏差平方的数值必定大于等于 0。"

蒂蒂："嗯，这没问题。嗯？该不会偏差有很多吧？这样，偏差的
　　　分散不就……"

我："冷静一点。数据中有 n 个数值，偏差就有 n 个，偏差平方也
　　会有 n 个。数值、偏差、偏差平方是一样多的。"

	数值	偏差	偏差平方
1	x_1	$x_1 - \mu$	$(x_1 - \mu)^2$
2	x_2	$x_2 - \mu$	$(x_2 - \mu)^2$
3	x_3	$x_3 - \mu$	$(x_3 - \mu)^2$
$\vdots$	$\vdots$	$\vdots$	$\vdots$
n	x_n	$x_n - \mu$	$(x_n - \mu)^2$

数值、偏差、偏差平方是一样多的

蒂蒂："……"

我："'偏差平方'体现各数值和平均数的'差距'大小。'偏差平方'有 n 个，n 越大处理起来越困难。正因如此——这个是重点——才会想求'偏差平方'的平均数。对众多的'偏差平方'求平均值后，该数值会有多大，这就是我们要看的参考。对'偏差平方'求平均值的结果，就是'方差'。"

蒂蒂："啊……"

我："不是看数量众多的'偏差平方'本身，而是看'偏差平方'的平均数。这就是'方差'哦。就像你前面说的，方差只是一个数值，但只要知道方差，就能了解目前关注的数据，其'偏差平方'的平均数有多大。所以，由单一数值的方差，就能了解'离散程度'。"

蒂蒂："这样我就弄懂了！听完学长的说明，我知道自己哪里误解了。我原先的想法是，一定要从分散的数值本身，才能了解'离散程度'，方差就只是一个数值，不会有分散的情形，又怎么能体现数据的分散……我没有注意到的地方是，'偏差平方'越多，处理起来愈困难。"

我："是啊。"

蒂蒂："方差是'偏差平方'的平均数，对吧？"

我："没错。数值越多越难处理，所以才需以平均数作为代表值。简单来说，方差就是'偏差平方的平均数'，写成数学式应该会比较好懂。"

平均数是许多"数值"的平均数

$$x_1, x_2, \cdots, x_n \qquad \text{数值}$$

$$\frac{x_1 + x_2 + \cdots + x_n}{n} \qquad \text{平均数}$$

方差是许多"偏差平方"的平均数

$$(x_1 - \mu)^2, (x_2 - \mu)^2, \cdots, (x_n - \mu)^2 \qquad \text{偏差平方}$$

$$\frac{(x_1 - \mu)^2 + (x_2 - \mu)^2 + \cdots + (x_n - \mu)^2}{n} \qquad \text{方差}$$

蒂蒂："我弄懂了！……弄懂后就觉得理所当然，真是丢脸。"

我："不断思考到自己弄懂为止的过程很重要，一点都不需要觉得
丢脸哦。嗯……这样想，或许更容易理解吧。

$$d_1 = (x_1 - \mu)^2$$
$$d_2 = (x_2 - \mu)^2$$
$$\vdots$$
$$d_n = (x_n - \mu)^2$$

像这样命名 x_k 的'偏差平方'为 d_k，就能知道平均数和方差
同样是在'求平均'，计算方式相同。"

平均数与方差的计算方式相同

$$d_k = (x_k - \mu)^2 , \text{ 此时 } (k = 1, 2, \cdots, n)$$

$$\frac{x_1 + x_2 + \cdots + x_n}{n} \qquad \frac{d_1 + d_2 + \cdots + d_n}{n}$$

平均数 方差

蒂蒂："真的耶……"

3.3 数学式

蒂蒂："学长总是轻轻松松就写出数学式。"

我："虽然说是数学式，但也只是全部加起来再除以 n 而已，没有那么困难。"

蒂蒂："是这样没错，但我要说的不是困不困难，而是'写成数学式比较好理解'的思考模式，我实在做不来……"

我："蒂蒂，我想这只是'熟悉'的问题哦。熟练读写数学式后，自然就能以数学式整理自己的想法。重要的是，多用自己的脑袋去思考，多用自己的手去书写。就像骑脚踏车一样，熟悉之后，就能轻松骑远。对了，你试着展开这个数学式，多熟悉一下式子吧。"

$$(a-b)^2$$

蒂蒂："好……这我知道，是 $a^2-2ab+b^2$ 嘛。"

$$(a-b)^2 = a^2 - 2ab + b^2$$

我："那么，下面这个数学式 $(\heartsuit)$ 该怎么展开?"

$$(\heartsuit) \quad \frac{\left(a-\dfrac{a+b}{2}\right)^2 + \left(b-\dfrac{a+b}{2}\right)^2}{2}$$

蒂蒂："虽然看起来有些复杂，但这种程度还没问题。"

蒂蒂马上拿出笔记本开始计算。她真是老实。

$$\frac{\left(a-\dfrac{a+b}{2}\right)^2+\left(b-\dfrac{a+b}{2}\right)^2}{2} \qquad \text{通分}$$

$$=\frac{\left(\dfrac{2a}{2}-\dfrac{a+b}{2}\right)^2+\left(\dfrac{2b}{2}-\dfrac{a+b}{2}\right)^2}{2}$$

$$=\frac{\left(\dfrac{a-b}{2}\right)^2+\left(\dfrac{-a+b}{2}\right)^2}{2} \qquad \text{计算分子}$$

$$=\frac{\left(\dfrac{a-b}{2}\right)^2+\left(\dfrac{a-b}{2}\right)^2}{2} \qquad \text{因为}\ (a+b)^2=(a-b)^2$$

$$=\frac{2\left(\dfrac{a-b}{2}\right)^2}{2} \qquad \text{计算分子}$$

$$=\left(\dfrac{a-b}{2}\right)^2 \qquad \text{以 2 约分}$$

$$=\frac{a^2-2ab+b^2}{4} \qquad \text{展开}$$

蒂蒂："我展开数学式（♡）了！

$$(\heartsuit\text{的展开})\quad \frac{\left(a-\dfrac{a+b}{2}\right)^2+\left(b-\dfrac{a+b}{2}\right)^2}{2}=\frac{a^2-2ab+b^2}{4}$$

是这样吗？"

我："嗯，正确！最后才展开平方，这做法不错哦。那么，这个数学式（♣）怎么展开呢？"

$$（\clubsuit）\ \frac{a^2+b^2}{2}-\left(\frac{a+b}{2}\right)^2$$

蒂蒂："虽然和前面的有点像，但我不会被骗哦……"

$$\frac{a^2+b^2}{2}-\left(\frac{a+b}{2}\right)^2 \qquad\qquad 指定的数学式（\clubsuit）$$

$$=\frac{a^2+b^2}{2}-\frac{a^2+2ab+b^2}{4} \qquad 展开$$

$$=\frac{2a^2+2b^2}{4}-\frac{a^2+2ab+b^2}{4} \qquad 通分$$

$$=\frac{a^2-2ab+b^2}{4}$$

蒂蒂："结果和（♡）的展开相同！"

$$（♡的展开）\ \frac{\left(a-\dfrac{a+b}{2}\right)^2+\left(b-\dfrac{a+b}{2}\right)^2}{2}=\frac{a^2-2ab+b^2}{4}$$

$$（\clubsuit的展开）\ \frac{a^2+b^2}{2}-\left(\frac{a+b}{2}\right)^2=\frac{a^2-2ab+b^2}{4}$$

我："是啊。换句话说，不论 a 和 b 的值为何，

$$\frac{\left(a-\dfrac{a+b}{2}\right)^2+\left(b-\dfrac{a+b}{2}\right)^2}{2}\ =\ \frac{a^2+b^2}{2}-\left(\frac{a+b}{2}\right)^2$$

$$\vdots \qquad\qquad\qquad\qquad \vdots$$

$$♡ \qquad\qquad\qquad\qquad \clubsuit$$

这样的等式必成立，称为恒等式。"

蒂蒂："学长直接背这个公式吗?"

我："不是，没有哦。仔细观察这个数学式——套用米尔迦常说的'看穿构造'——就能发现有趣的地方哦。"

问题 1（谜之恒等式）

在 a、b 构成的恒等式中，有什么有趣的地方?

$$\frac{\left(a-\frac{a+b}{2}\right)^2+\left(b-\frac{a+b}{2}\right)^2}{2}=\frac{a^2+b^2}{2}-\left(\frac{a+b}{2}\right)^2$$

蒂蒂："有趣的地方……哪有什么有趣的?"

我："那么，给个提示：把 $\frac{a+b}{2}$ 看作'a 和 b 的平均数'。"

蒂蒂："啊，$\frac{a+b}{2}$ 的确是平均数……"

$$\frac{\left(a-\frac{a+b}{2}\right)^2+\left(b-\frac{a+b}{2}\right)^2}{2}=\frac{a^2+b^2}{2}-\left(\frac{a+b}{2}\right)^2$$

我："再试着把平均数换成 μ。"

$$\frac{(a-\mu)^2+(b-\mu)^2}{2}=\frac{a^2+b^2}{2}-\mu^2$$

蒂蒂："啊，这……这是……!"

我："注意到了吗?"

蒂蒂："左式是方差！如果把 a 和 b 看作数据的数值，左式就是 a 和 b 先减去平均数后平方，再进一步求平均数嘛！"

$$\underbrace{\frac{(a-\mu)^2+(b-\mu)^2}{2}}_{a\,和\,b\,的方差} = \frac{a^2+b^2}{2}-\mu^2$$

我："没错！然后，右式中的 $\frac{a^2+b^2}{2}$ 是 a^2 和 b^2 的平均数，μ^2 是 a 和 b 的平均数的平方。"

$$\underbrace{\frac{(a-\mu)^2+(b-\mu)^2}{2}}_{a\,和\,b\,的方差} = \underbrace{\frac{a^2+b^2}{2}}_{a^2\,和\,b^2\,的平均数} - \underbrace{\mu^2}_{a\,和\,b\,的平均数的平方}$$

蒂蒂："嗯……这样该怎么想呢？"

我："这样以下的数学式能成立。"

（ a 和 b 的方差 ）＝（ a^2 和 b^2 的平均数 ）－（ a 和 b 的平均数 ）^{2}

蒂蒂："嗯……"

我："目前是讨论 a、b 两个数值，但其实可以代入 n 个数值，将它一般化。"

（ $x_1,\cdots,x_n$ 的方差 ）＝（ $x_1^2,\cdots,x_n^2$ 的平均数 ）－（ $x_2,\cdots,x_n$ 的平均数 ）^{2}

蒂蒂："这样的数学式能成立啊……"

我："完整写出来，会是："

$$\frac{(x_1-\mu)^2+\cdots+(x_n-\mu)^2}{n} = \frac{x_1^2+\cdots+x_n^2}{n}-\left(\frac{x_1+\cdots+x_n}{n}\right)^2$$

改成背诵口诀，就像：

$$\text{"方差"} = \text{"平方的平均"} - \text{"平均的平方"}$$

在求某组数据的方差时，除了根据方差的定义来计算之外，也可以用"平方的平均"减去"平均的平方"来计算。"

蒂蒂："嗯……"

解答 1（谜之恒等式）

a、b 构成的恒等式：

$$\frac{\left(a - \dfrac{a+b}{2}\right)^2 + \left(b - \dfrac{a+b}{2}\right)^2}{2} = \frac{a^2 + b^2}{2} - \left(\frac{a+b}{2}\right)^2$$

是

$$\text{"方差"} = \text{"平方的平均"} - \text{"平均的平方"}$$

上面这个数学式的一个例子[①]。

[①] 在计算机演算上，使用"方差"="平方的平均"−"平均的平方"时，可能因为消去误差（cancellation error）而出现巨大的误差。

3.4　方差的意义

米尔迦走进图书室。

蒂蒂："啊，米尔迦学姐！"

米尔迦："方差？"

米尔迦低下头出神地看着笔记本问道。她低头时，一头柔顺乌黑的长发顺势滑下。她是我的同班同学，比我更了解数学。我、蒂蒂和米尔迦三人总是乐于进行数学对话。

蒂蒂："我问方差的意义，学长说方差表示'离散程度'。"

米尔迦："'离散程度'？"

我："有什么地方不对吗？"

米尔迦："就当方差表示'离散程度'好了，但是，如果问'离散程度'有什么意义，你要怎么回答？"

我："'离散程度'的意义？"

蒂蒂："了解'离散程度'，就知道数值的分布情况……咦？"

米尔迦："蒂蒂，那只是一种说法。换个问法好了。了解方差有什么意义？知道方差有什么好处？讨论离散程度有什么价值？"

我："等一下。因为数据含有许多数值，处理起来不容易，所以才想适当使用代表值。方差的意义不也是这样吗？"

米尔迦："是哦——"

蒂蒂："啊，我也这么认为。比如平均数……单看一个平均数，就能知道'数值集中在这附近'。"

米尔迦："不对哦。"

蒂蒂："咦?"

米尔迦："单看平均数并不能知道数值的位置哦。"

蒂蒂："咦?"

我："蒂蒂，虽然你说'数值集中在这附近'，但数值未必集中在平均数附近哦。举例来说，假设全班只拿到 0 分和 100 分，而且取得两种分数的人数相等，虽然平均数是 50，却没有人拿到 50 分。"

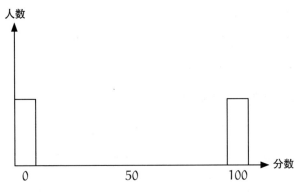

没有人拿到平均分数

蒂蒂："啊……对哦。"

米尔迦："如果假设分布，情况就不同了。"

我："所以，平均数是'数值的平均值'，知道平均数有它的意义。"

米尔迦："是哦。那么，知道方差有什么意义?"

我："方差越大，表示'数值越分散'——嗯……这是在说同一件
　　事……"

蒂蒂："方差越大，'数值越散乱'呢？"

我："那也只是换个说法而已。"

蒂蒂："米尔迦学姐怎么想呢？"

米尔迦："方差表示'意外程度'。"

我："意外程度？"

米尔迦："或者说是'罕见程度''厉害程度'。"

蒂蒂："这是什么意思？"

米尔迦："假设在数据的众多数值中，只关注其中一个数值。

　　　比如，考完试后，大家都只关心'自己的分数'。"

蒂蒂："真的。我只会注意自己的分数。"

米尔迦："数据包含了众多分数，'自己的分数'也在里头。如
　　　果自己的分数高出平均分数非常多，这样可以说是'厉
　　　害'吗？"

蒂蒂："自己的分数高出平均分数非常多，当然'厉害'吧？"

米尔迦："有多么厉害呢？知道方差，就能具体了解分数的'厉害
　　　程度'。"

蒂蒂："咦？为什么？从和平均数的差就能知道'厉害程度'了
　　　吧？就算不知道方差……"

我："我懂了。方差的确比较有效。"

蒂蒂："我不懂……"

我："嗯……你试想一下，假设平均分数是 50 分，你自己的分数
　　　　是 100 分，远远大于平均分数 50 分。这样的情况下，偏差
　　　　会是 50。"

蒂蒂："是啊，很厉害。"

我："但是，这次测验可能有半数的应试者拿到 100 分，剩余的半
　　　　数应试者拿到 0 分。'半数人拿到 100 分、半数人拿到 0 分'
　　　　的测验，平均分数会是 50 分。在这样的情况下，拿到 100
　　　　分的人真的有那么厉害吗？"

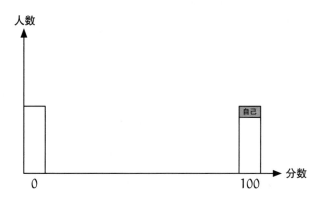

平均分数是 50 分
（半数人拿到 100 分、半数人拿到 0 分）

蒂蒂："应试者有一半拿到 100 分！有那么多人拿到 100 分，那
　　　　就……不怎么厉害了。"

我："是的。'半数 100 分、半数 0 分'的方差很大，这样就算拿

到 100 分，也不怎么觉得'厉害'。"

蒂蒂："真的……"

我："然而，若是'拿到 100 分的只有自己 1 人，拿到 0 分的有 1 人，剩余的人拿到 50 分'的测验，情况会如何呢？平均分数、自己的分数和刚才的例子一模一样。"

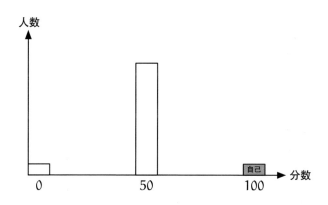

平均分数是 50 分

（拿到 100 分的只有自己 1 人，拿到 0 分的有 1 人，剩余的人拿到 50 分）

蒂蒂："这次就'非常厉害'了！"

我："是的。这次大部分的人拿到 50 分，方差非常小。这样的情况下，拿到 100 分就会觉得'非常厉害'。"

米尔迦："如同他所说的。由方差可以知道某个特定数值是'常见数值'还是'罕见数值'。"

蒂蒂："原来如此，所以才说能够知道'厉害程度''意外程度''罕见程度'……"

米尔迦："没错。"

我："方差越大，数值和平均数差得越多，也没有什么好惊讶的，因为平均数是很常见的数值。的确，光从平均数没有办法了解'意外程度'。原来如此。"

蒂蒂："即便自己拿到高出平均分数很多的分数，如果没有方差，也不知道该分数的真正价值……"

米尔迦："从这可以衍生出标准分数①。"

蒂蒂："标准分数？"

3.5 标准分数

米尔迦："嗯？蒂蒂不知道标准分数吗？"

蒂蒂："不是！没有这回事。身为高中生，我当然知道标准分数……"

米尔迦："那么，你说说看标准分数的定义。"

米尔迦指向蒂蒂这么说道。

蒂蒂："啊……嗯……标准分数的定义……对不起，我知道标准分数这个词，但不了解它的定义。"

米尔迦："知道这个词，却不了解定义吗？"

蒂蒂："呃……这样很奇怪吧？明明是考试时在意的数值，却不了

---

① 标准分数，又称 Z 分数（Z Score）。——编者注

　　解它的定义……"

米尔迦："那换你来解释标准分数的定义吧。"

　　米尔迦将手指向我。

我："定义应该是这样。"

标准分数

某测验有 n 人应试，得分分别为 $x_1, x_2, \cdots, x_n$。

假设分数的平均数为 μ、标准差为 σ。

此时，测验分数 x_k 的标准分数定义为：

$$50 + 10 \times \frac{x_k - \mu}{\sigma}$$

另外，当 $\sigma = 0$ 时，标准分数定义为 50。

蒂蒂："嗯……标准差?"

我："标准差是方差的算术平方根，蒂蒂。换句话说，假设方差为 V，则标准差 $\sigma = \sqrt{V}$ 。"

蒂蒂："标准差……和偏差、标准分数不一样嘛。"

米尔迦："我们再来确认平均数、方差、标准差的定义吧。"

我："也好。"

平均数

假设有 n 个数值，这 n 个数值统称为数据。数据中的 n 个数值分别为：

$$x_1, x_2, \cdots, x_n$$

此时，数据的平均数会是：

$$\mu = \frac{x_1 + x_2 + \cdots + x_n}{n}$$

蒂蒂："哦……我知道平均数的定义了。"

我："那么，再来是方差。"

方差

假设数据 $x_1, x_2, \cdots, x_n$ 的平均数为 μ。

数值 x_1 与平均数 μ 的差值，即为 x_1 的偏差：

$$x_1 - \mu$$

同理，分别求得 x_2 的偏差、x_3 的偏差、……、x_n 的偏差。x_1, $x_2, \cdots, x_n$ 的偏差的平方，其平均数即为方差。因此，方差为：

$$V = \frac{(x_1 - \mu)^2 + (x_2 - \mu)^2 + \cdots + (x_n - \mu)^2}{n}$$

蒂蒂："嗯，这个也没问题。我确认一下，x_k 的偏差是 $x_k - \mu$ 对吧？"

我："是的，没错。然后，标准差的定义是这样。"

标准差

标准差是方差的算术平方根，假设方差为 V、标准差为 σ，则：

$$\sigma = \sqrt{V}$$

蒂蒂："偏差、标准差……再来是标准分数。"

我："对，标准分数的定义像这样。"

标准分数

某测验有 n 人应试，得分分别为 $x_1, x_2, \cdots, x_n$。

假设分数的平均数为 μ、标准差为 σ。

此时，测验分数 x_k 的标准分数定义为：

$$50 + 10 \times \frac{x_k - \mu}{\sigma}$$

另外，当 $\sigma = 0$ 时，标准分数定义为 50。

蒂蒂："嗯，我了解标准分数的定义了。不对，与其说是了解，不

如说我知道由分数计算平均数、由分数和平均数计算方差、由方差计算标准差，再由这些计算标准分数……这样的流程了。"

由分数计算平均数：

$$x_1, x_2, x_3, \cdots, x_n \quad \rightarrow \quad \mu$$

由分数与平均数计算方差：

$$x_1, x_2, x_3, \cdots, x_n, \mu \quad \rightarrow \quad V$$

由方差计算标准差：

$$V \quad \rightarrow \quad \sigma$$

由分数 x_k、平均数与标准差计算 x_k 的标准分数：

$$x_k, \mu, \sigma \quad \rightarrow \quad x_k \text{的标准分数}$$

我："嗯。"

蒂蒂："但是，我还是不了解标准分数……"

我："假设蒂蒂拿到平均分数，它的标准分数一定是 50 哦。因为，$x_k = \mu$ 时的标准分数是——"

$$50 + 10 \times \frac{x_k - \mu}{\sigma} = 50 + 10 \times \frac{0}{\sigma}$$
$$= 50$$

蒂蒂: "哦……"

我: "换句话说, 即使是平均分数不同的测验结果, 也可以用标准分数来比较。你看, 测验有时简单有时困难, 难易度不一定。这样一来, 平均分数就会变动。"

蒂蒂: "是这样没错。困难测验的平均分数会比较低。"

我: "假设某人'在测验 A 中拿到 70 分', 后来'在测验 B 中拿到 70 分'。单就分数来讲, 同样是 70 分, 实力看起来没有改变。"

蒂蒂: "哈哈, 如果测验 B 比测验 A 还难, 即便同样是 70 分, 也能看作进步了……是这样吗? 因为标准分数是'平均数同为 50 分', 所以相较于单纯比较分数, 标准分数更能清楚体现实力的提升……?"

我: "没错。"

米尔迦: "实际上没有这么简单, 还需要加上附带条件才行。"

我: "咦?"

米尔迦: "标准分数并不是万能的。比如, 一般会认为: '不管任何测验, 都可以用标准分数来比较实力'。"

蒂蒂: "不是这样吗?"

米尔迦: "如果某人测验 A 的标准分数是 60 分, 测验 B 的标准分数也是 60 分, 这样能说此人实力没有改变吗?"

蒂蒂: "虽然平均数会因测验 A 和 B 的难易度而改变, 但标准分数是将平均数调整成 50······应该可说实力没有改变吧？"

米尔迦："如果在测验 A 和测验 B 中，除了自己以外，其他应试者全部换人呢？"

蒂蒂："呃······其他应试者换人，平均数也会跟着改变。即使标准分数相同，如果参加测验 B 的应试者实力普遍比参加测验 A 的应试者低，自己算是退步了吗？"

我："嗯，的确会是那样。标准分数是标准化和平均数的差距。"

米尔迦："单就标准分数推测自己的排名，可能会误判。如果分数的分布近似正态分布，标准分数 60 以上表示排名约在上位的 16%。但是，分数的分布未必近似正态分布。勉强以标准分数来解释排名差距，会有误判的风险。"

蒂蒂："正态分布······"

蒂蒂马上将这些写进"秘密笔记"。

3.6 标准分数的平均数

蒂蒂："可是，拿到平均分数的人，标准分数一定会是 50 分，对吧？"

米尔迦："没错。标准分数的平均数也会是 50。"

蒂蒂："标准分数的平均数······"

我："所有应试者的标准分数相加，再除以应试人数，得到的结果会是 50。"

蒂蒂："咦？嗯……"

我："计算没有那么困难哦。"

问题 2（标准分数的平均数）

某测验有 n 人应试，得分分别为 $x_1, x_2, \cdots, x_n$。

假设该测验应试者的标准分数分别为 $y_1, y_2, \cdots, y_n$，试求：

$$\frac{y_1 + y_2 + \cdots + y_n}{n}$$

蒂蒂："假设 k 学生的标准分数为 y_k。嗯……根据标准分数的定

　　义，硬着头皮计算，最后就能求出标准分数的平均数！"

我："没有夸张到需要硬着头皮吧。"

蒂蒂："总之就算算看。"

$$\frac{y_1 + y_2 + \cdots + y_n}{n} = \frac{\left(50 + 10 \times \dfrac{x_1 - \mu}{\sigma}\right) + \cdots}{n}$$

蒂蒂："全部列出来的话太多了，先把 k 同学的标准分数 y_k 写成 x_k

　　的形式。"

$$y_k = 50 + 10 \times \frac{x_k - \mu}{\sigma} \qquad x_k \text{ 的标准分数}$$

蒂蒂："然后，平均数是 $\dfrac{x_1 + \cdots + x_n}{n}$，所以……"

$$y_k = 50 + 10 \times \cfrac{x_k - \cfrac{x_1 + x_2 + \cdots + x_n}{n}}{\sigma}$$

我："嗯……不改写 μ，比较好计算 y_k 的和。"

$$
\begin{aligned}
& y_1 + y_2 + \cdots + y_n \\
&= \left(50 + 10 \times \frac{x_1 - \mu}{\sigma}\right) + \left(50 + 10 \times \frac{x_2 - \mu}{\sigma}\right) + \cdots + \left(50 + 10 \times \frac{x_n - \mu}{\sigma}\right) \\
&= 50n + \frac{10}{\sigma} \times \left((x_1 - \mu) + (x_2 - \mu) + \cdots + (x_n - \mu)\right) \\
&= 50n + \frac{10}{\sigma} \times (x_1 + x_2 + \cdots + x_n - n\mu)
\end{aligned}
$$

我："数学式中的 $n\mu$ 是'n 倍的平均数'，等于 $x_1 + x_2 + \cdots + x_n$。所以……"

$$
\begin{aligned}
& y_1 + y_2 + \cdots + y_n \\
&= 50n + \frac{10}{\sigma} \times (x_1 + x_2 + \cdots + x_n - n\mu) \\
&= 50n + \frac{10}{\sigma} \times (x_1 + x_2 + \cdots + x_n - (x_1 + x_2 + \cdots + x_n)) \\
&= 50n + \frac{10}{\sigma} \times 0 \\
&= 50n
\end{aligned}
$$

蒂蒂："好厉害！一下子就简化成 $50n$ 了。"

我："由 $y_1, \cdots, y_n$ 的总和 $50n$，可知标准分数的平均数是 50。"

米尔迦："因为偏差的总和是 0。"

我："没错，如同米尔迦所说。仔细看'标准分数'的定义，会发现定义中有'偏差'。"

$$x_k \text{ 的标准分数} = 50 + 10 \times \overset{\overset{\displaystyle x_k \text{的偏差}}{\overbrace{}}}{\dfrac{x_k - \mu}{\sigma}}$$

蒂蒂：“啊……的确有偏差。x_k 减去平均数可得出 $x_k - \mu$。”

我：“然后，前面也说过，偏差的总和必为 0。”

$$(x_1 - \mu) + (x_2 - \mu) + \cdots + (x_n - \mu) \qquad \text{式子中有 } n \text{ 个 } \mu$$
$$= (x_1 + x_2 + \cdots + x_n) - n\mu \qquad \text{将 } n \text{ 个 } \mu \text{ 合起来}$$
$$= (x_1 + x_2 + \cdots + x_n) - (x_1 + x_2 + \cdots + x_n) \qquad \text{相当于 } n \text{ 倍的平均数 } \mu$$
$$= 0$$

蒂蒂：“啊！的确说过。这样的话，标准分数的平均数当然会是 50 嘛！”

米尔迦：“标准分数定义中‘50 + …’的部分，也就是‘标准分数的平均数 50’的意思！”

蒂蒂：“原来如此。”

解答 2（标准分数的平均数）

某测验有 n 人应试，应试者的标准分数分别为 $y_1, y_2, \cdots, y_n$，则

$$\frac{y_1 + y_2 + \cdots + y_n}{n} = 50$$

成立。

3.7 标准分数的方差

米尔迦："由定义来看，马上就知道'标准分数的平均数'是 50。

那么，'标准分数的方差'呢？"

我："这么一说，方差会是多少呢？"

米尔迦："答案会让人大开眼界。"

蒂蒂："标准分数的平均数是 50，方差……会是多少呢？"

米尔迦："算一下马上就知道了哦。"

蒂蒂："算一下……"

问题 3（标准分数的方差）

某测验有 n 人应试，得分分别为 x_1, x_2, $\cdots$, x_n。

假设该测验应试者的标准分数分别为 y_1, y_2, $\cdots$, y_n，试求 y_1, y_2, $\cdots$, y_n 的方差。

我："只要根据定义推算，马上就能解出来了。"

蒂蒂："啊，我也要算算看！先从定义来看，嗯……每个人的标准

分数为 y_1, y_2, $\cdots$, y_n、平均数为 μ，所以方差是……"

$$\text{"标准分数的方差"} = \frac{(y_1 - \mu)^2 + (y_2 - \mu)^2 + \cdots + (y_n - \mu)^2}{n} \quad (?)$$

米尔迦："定义不对哦。"

蒂蒂："咦？方差不是'数值减去平均数再平方'的平均数吗？"

米尔迦："你省略太多地方了。"

蒂蒂："啊？"

米尔迦："检查一下是'什么的平均数'。"

蒂蒂："'什么的平均数'吗？平均数是 μ……啊，错了！μ 是分数的平均数。现在是讨论标准分数的方差，所以 y_k 要减去标准分数的平均数。对不起。'标准分数的平均数'是 50，所以'标准分数的方差'会是……这样吗？"

$$\text{"标准分数的方差"} = \frac{(y_1-50)^2 + (y_2-50)^2 + \cdots + (y_n-50)^2}{n}$$

蒂蒂："咦？y_1-50 等于 $10 \times \dfrac{x_1-\mu}{\sigma}$。因为

$$y_1 = 50 + 10 \times \frac{x_x-\mu}{\sigma}$$

的关系。"

我："是啊。啊，我懂了。"

蒂蒂："不行不行！让我来算啦！"

"标准分数的方差"

$$
\begin{aligned}
&= \frac{(y_1-50)^2 + (y_2-50)^2 + \cdots + (y_n-50)^2}{n} \\[2mm]
&= \frac{\left(10 \times \dfrac{x_1-\mu}{\sigma}\right)^2 + \left(10 \times \dfrac{x_2-\mu}{\sigma}\right)^2 + \cdots + \left(10 \times \dfrac{x_n-\mu}{\sigma}\right)^2}{n} \\[2mm]
&= \frac{10^2}{n\sigma^2} \times \left((x_1-\mu)^2 + (x_2-\mu)^2 + \cdots + (x_n-\mu)^2\right)
\end{aligned}
$$

再展开平方……

我："蒂蒂，你那样算下去，只会越算越复杂哦。"

蒂蒂："越算越复杂？"

我："你刚刚把 $\dfrac{10^2}{n\sigma^2}$ 提到了括号外面，但 n 留在括号里面会比较好整理哦。"

蒂蒂："像是这样吗？"

"标准分数的方差"

$$= \frac{10^2}{n\sigma^2} \times \left((x_1 - \mu)^2 + (x_2 - \mu)^2 + \cdots + (x_n - \mu)^2 \right)$$

$$= \frac{10^2}{\sigma^2} \times \frac{(x_1 - \mu)^2 + (x_2 - \mu)^2 + \cdots + (x_n - \mu)^2}{n}$$

米尔迦："答案已经出来了。"

蒂蒂："嗯？"

我："注意看一下乘号右边的分式。"

蒂蒂：" $\dfrac{(x_1 - \mu)^2 + (x_2 - \mu)^2 + \cdots + (x_n - \mu)^2}{n}$ ……啊，这是方差嘛！"

我："没错，这是分数的方差。"

蒂蒂："换句话说，假设分数的方差为 V……"

"标准分数的方差"

$$= \frac{10^2}{\sigma^2} \times \frac{(x_1 - \mu)^2 + (x_2 - \mu)^2 + \cdots + (x_n - \mu)^2}{n}$$

$$= \frac{10^2}{\sigma^2} \times V$$

蒂蒂："数学式会像是这样!"

我："还差一点。蒂蒂, σ^2 是什么?"

蒂蒂："σ 是标准差,所以 $\sigma = \sqrt{V}$ ……啊! $\sigma^2 = V$,所以 σ^2 是分数的方差!"

$$
\begin{aligned}
\text{"标准分数的方差"} &= \frac{10^2}{\sigma^2} \times V \\
&= \frac{10^2}{V} \times V \qquad \text{因为 } \sigma^2 = V \\
&= 10^2 \qquad \text{约分} \\
&= 100
\end{aligned}
$$

我："也就是说'标准分数的方差'是 100。然后,'标准分数的标准差'是 $\sqrt{100}$,也就是 10。"

解答 3(标准分数的方差)

某测验有 n 人应试,得分分别为 x_1, x_2, $\cdots$, x_n。

假设该测验应试者的标准分数分别为 y_1, y_2, $\cdots$, y_n,则 y_1, y_2, $\cdots$, y_n 的方差为:

$$100$$

米尔迦："标准分数定义中出现的两个常数,50 和 10,分别为'标准分数的平均数'和'标准分数的标准差'。"

标准分数定义中出现的两个常数

$$\underbrace{50}_{\text{"标准分数的平均数"}} + \underbrace{10}_{\text{"标准分数的标准差"}} \times \frac{x_k - \mu}{\sigma}$$

我："原来如此——不论 $x_1, x_2, \cdots, x_n$ 的值为何，

- '标准分数的平均数' 是 50

- '标准分数的标准差' 是 10

标准分数皆会满足上述定义。"

米尔迦："对。不过，50、10 本身并没有特别的意义。"

3.8 标准分数的意义

我："这个式子让我们重新了解了标准分数的意义。"

$$y_k = 50 + 10 \times \frac{x_k - \mu}{\sigma}$$

米尔迦："哦?"

我："嗯，因为 '50+⋯' 的部分，如同前面的讨论，标准分数是将平均数调整成 50。虽然每次测验的平均数不同，但转换成标准分数后，任何测验的平均数都是 50。"

蒂蒂："对啊。在标准分数的世界里，平均数一直都是 50 啊。"

我："然后，标准分数定义的后半段 '…$+10 \times \dfrac{x_k - \mu}{\sigma}$'，其中 $\dfrac{x_k - \mu}{\sigma}$ 表示 '相较于标准差的偏差大小'。"

蒂蒂："嗯……"

我："首先，$x_k - \mu$ 是的 x_k 的偏差……"

蒂蒂："这是指 k 学生的分数比平均分数高多少嘛。"

我："然后，σ 是 $x_1, x_2, \cdots, x_n$ 的标准差。"

蒂蒂："对……"

我："方差 V 是 $(x_1 - \mu)^2, (x_2 - \mu)^2, \cdots, (x_n - \mu)^2$ 的平均数，所以方差可理解为 '偏差平方' 的平均数。标准差 σ 是取正平方根。"

蒂蒂："是这样没错……"

我："这样来说，$\dfrac{x_k - \mu}{\sigma}$ 表示什么呢?"

蒂蒂："和标准差相比，k 学生的偏差大小……"

我："没错! 这就是以标准差作为基准的比较。如果 x_k 的偏差刚好等于标准差，则 $\dfrac{x_k - \mu}{\sigma} = 1$; 如果 x_k 的偏差是标准差的 2 倍，则 $\dfrac{x_k - \mu}{\sigma} = 2$ 。简单来讲，$\dfrac{x_k - \mu}{\sigma}$ 表示 'x_k 的偏差是标准差的几倍'。"

米尔迦："听起来好复杂。"

蒂蒂："不会啦，听完学长的说明，我现在弄懂了! 标准分数是把 $\dfrac{x_k - \mu}{\sigma}$ 放大 10 倍。因此，假设某人的标准分数是 60，意思是 '他的标准分数比 50 多 10'，也就是 '他的分数比平均分数高出 1 个标准差'!"

米尔迦："是吗？"

我："对！就是这么回事。仔细看标准分数的定义，就能理解了。"

标准分数 y_k	分数 x_k
30 = 50 − 20	平均分数 −2× 标准差
40 = 50 − 10	平均分数 −1× 标准差
50	平均分数
60 = 50 + 10	平均分数 +1× 标准差
70 = 50 + 20	平均分数 +2× 标准差

米尔迦："这样才对。"

我："标准分数中穿插了平均分数和标准差！即便不知道平均分
数、方差、标准差，单根据标准分数，也能够知道该分数比
平均分数多几倍的标准差！"

蒂蒂："那……那个……对不起。我从标准分数的定义了解到'标
准分数的平均数'是 50，'标准分数的标准差'是 10。我也
懂'某人的标准分数比 50 高出 10 分'，表示'他的分数高
于平均分数 1 个标准差'。但是，我还是会觉得'So what？'
（那又怎样？）……"

米尔迦："回到前面的问题。某测验结束后，自己拿到高分就能说
自己'厉害'吗？答案是否定的，因为其他人也可能拿到高
分。光基于自己的分数无法说自己'厉害'。"

蒂蒂："嗯，是啊。"

米尔迦："为了和其他人比较成绩，我们会把自己的分数和平均数

做比较。如果自己的分数高于平均数，就能说自己'厉害'吗？答案是否定的，因为'离散程度'、方差可能很大，方差越大，也就是标准差越大，表示高于平均数的分数可能很多。光比较自己的分数和平均数，也不能说自己'厉害'。"

蒂蒂："对嘛对嘛！"

米尔迦："所以我们才要看 $\frac{x-\mu}{\sigma}$，了解自己偏离平均数 μ 多少个标准差 σ。只要知道平均数和标准差，就能了解某特定数值的'意外程度'。分布呈现正态分布时，这非常适用，但即便不假设分布的情况，我们也可从中看出端倪。"

蒂蒂："……"

米尔迦："只因特定数值感到'厉害'，其实言之过早；算出平均数后感到'厉害'，还是言之过早。应该在确认平均数和标准差之后，才真正证明'厉害'。"

我："因为一开始就知道平均数是 50、标准差是 10，标准分数非常好用哦。"

蒂蒂："不过，如何评价标准分数的'厉害程度'呢？"

米尔迦："数据的分布近似正态分布的场合，在这个大前提下，

- 标准分数 60 以上，约在上位 16%
- 标准分数 70 以上，约在上位 2%

'意外程度'大概会是这样。"

蒂蒂："这要背下来吗?"

米尔迦："要背的只有这三个数：

$$34、14、2$$

只要记住'34、14、2'就行了。"

蒂蒂："34、14、2 ?"

米尔迦："嗯。正态分布出现在各种情况中，是非常重要的分布，像是身高、测量误差等，很多分布都近似正态分布。物理学、化学、医学、心理学、经济学等各大领域里都有近似正态分布的统计量。"

蒂蒂："真的吗?"

米尔迦："近似正态分布的分布图，会如下图所示呈现钟形曲线。"

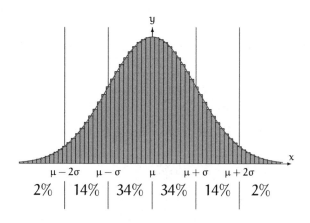

近似正态分布的分布

米尔迦："把这个正态分布图以标准差 σ 划分，会大致呈现 34%、14%、2% 的比例。标准分数 60 以上约在上位 16%，就是从 14+2=16 推算而来。这里再重申一遍，只有数据近似呈正态分布时，才会呈现这样的比例分布。虽说正态分布出现在各种场景下，但并非所有分布都近似正态分布。在不知道分布的情况下，会先假设近似正态分布，再充分探讨其正确性。测验的成绩也是如此，分数的分布未必近似正态分布。"

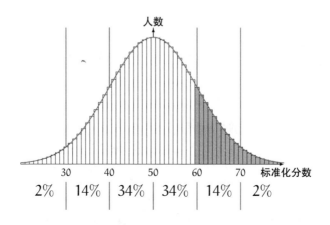

标准分数 60 以上约在上位 16%
（数据近似正态分布）

蒂蒂："正态分布，'34、14、2'……"

瑞谷老师："放学时间到了。"

"所谓'稀奇'，指的是会让人感到惊讶的事物。"

第 3 章的问题

●问题 3-1（方差）

假设某数据有 n 个数值（$x_1, x_2, \cdots, x_n$），试述该数据在何种情况下方差为 0。

（解答在第 230 页）

●问题 3-2（标准分数）

关于标准分数，试回答下述问题。

①当分数高于平均分数时，可说自己的标准分数大于 50 吗？

②标准分数可能超过 100 吗？

③由整体的平均分数与自己的分数，可计算自己的标准分数吗？

④两位学生的分数差 3 分，则标准分数也会差 3 分吗？

（解答在第 231 页）

●问题 3-3（意外程度）

前面提到，即便平均数相同，方差的不同也会影响 100 分的
"厉害程度"。在下面的测验结果 A 与 B 中，10 人应考成绩
的平均数皆为 50 分。试求 100 分在测验结果 A 与 B 中的标
准分数。

测验结果 A

应试者编号	1	2	3	4	5	6	7	8	9	10
分数	0	0	0	0	0	100	100	100	100	100

测验结果 B

应试者编号	1	2	3	4	5	6	7	8	9	10
分数	0	30	35	50	50	50	50	65	70	100

（答案在第 236 页）

●问题 3-4（正态分布与 "34、14、2"）

前面提到，正态分布图以标准差 σ 划分后，会大致呈现
34%、14%、2% 的比例。

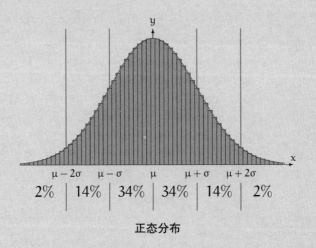

正态分布

假设数据的分布近似正态分布，试求满足下列各不等式的数
值 x，其个数约占整体的比例。其中，平均数为 μ、标准差
为 σ：

① $\mu - \sigma < x < \mu + \sigma$

② $\mu - 2\sigma < x < \mu + 2\sigma$

③ $x < \mu + \sigma$

④ $\mu + 2\sigma < x$

（答案在第 239 页）

第 4 章

抛掷硬币 10 次

"出现正面或者反面，两种情况只会出现一种。"

4.1　村木老师的"问题卡片"

放学后，我待在学校的图书室看书。过了不久，蒂蒂一边小声地自言自语，一边走进图书室。

蒂蒂："果然是 5 次吧?"

我："蒂蒂，误会① 了什么?"

蒂蒂："啊，学长！听我说，村木老师发给我一张'问题卡片'，问题不难，但……"

村木老师经常会发给我们"问题卡片"，上头总会写着有趣的问题，或是谜一般的数学式。

我："问题不难，却产生误会?"

蒂蒂："哎? 啊，不是啦。我是说'five times'，5 次啦。学长才误会我的意思呢!"

---

① 日文的"5 次"与"误会"发音相同。

我："啊，是那个意思啊……那么，村木老师发给你什么样的问题？"

蒂蒂："嗯，问题在这。"

投掷硬币 10 次，
正面会出现几次？

我："只是这样？"

蒂蒂："只是这样。"

我："抛掷硬币 10 次，正面会出现几次？感觉像是在自问自答。抛掷硬币 10 次，正面应该会出现 5 次——你是这个意思吗？"

蒂蒂："对。就是这个意思。"

蒂蒂微微点头。

我："嗯……但是，抛掷硬币 10 次，正面未必出现 5 次哦。"

蒂蒂："嗯，这我知道。正面也可能出现 4 次、5 次、6 次……甚至可能 10 次都是正面。抛掷硬币 10 次，正面可能出现 1 次到 10 次。"

我："没错，但也有可能出现 0 次。"

蒂蒂："啊，对哦。正面也有可能出现 0 次，也就是全都是反面。

抛掷硬币 10 次，正面可能出现 0 次到 10 次"

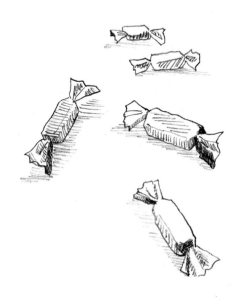

蒂蒂与我的思维

抛掷硬币 10 次，正面可能出现 0 次到 10 次，如下：

反反反反反反反反反反 　正面出现 0 次的例子

反反正反反反反反反反 　正面出现 1 次的例子

正反反反反反正反反反 　正面出现 2 次的例子

反正反反正反反正反反 　正面出现 3 次的例子

反正正反反正反反反正 　正面出现 4 次的例子

反反正反正反正正反反 　正面出现 5 次的例子

反反正正反正正正反反 　正面出现 6 次的例子

反正正正正正正反反反 　正面出现 7 次的例子

正反正正反正正正正正 　正面出现 8 次的例子

正正正反正正正正正正 　正面出现 9 次的例子

正正正正正正正正正正 　正面出现 10 次的例子

蒂蒂："所以，关于村木老师的'问题卡片'，'正面出现几次'准确来说没办法回答，但我想这张'问题卡片'要问的应该是：正面大概率会出现几次？"

我："原来如此——对了，蒂蒂在拿到这张'问题卡片'时，村木老师有说什么吗？"

蒂蒂："没有特别说什么。我交标准分数的报告时，老师就拿给我这张'问题卡片'。"

我："哦哦，你有写报告啊。"

蒂蒂："嗯，我整理了前几天学到的标准分数……"

我："哈哈。所以，村木老师才拿给你这张'问题卡面'，要你试着解答'相关问题'。"

蒂蒂："相关问题？"

我："对。在标准分数中，平均数和标准差扮演着重要角色。接着，进一步讨论抛掷硬币 10 次'正面出现次数'的平均数和标准差。这或许很有趣哦！"

蒂蒂："这样啊！"

4.2　"正面出现次数"的平均数

我："我们先来讨论'正面出现次数'的平均数。"

问题 1（求平均数 μ）

试求抛掷硬币 10 次"正面出现次数"的平均数 μ。

蒂蒂："求平均数，把全部加起来除以 11 就行了。"

我："咦？"

蒂蒂："咦？从 0 次到 10 次共有 11 种情形，所以除以 11 啊。"

我："不对，你想错了。"

蒂蒂："我们要求硬币'正面出现次数'的平均数，前面说'正面出现的次数'可能是 0 次、1 次、2 次……或者 10 次，不是把'正面出现的次数'全部加起来再除以 11 就好了吗？计算后果然是 5 次！"

"正面出现次数"的平均数（？）

$$\frac{0+1+2+3+4+5+6+7+8+9+10}{11} = \frac{55}{11} = 5$$

我："蒂蒂，你稍微冷静一下。你是在求什么的平均数？"

蒂蒂："我在求'正面出现次数'的平均数……"

我："嗯，没错，但需要稍微补充一下，我们现在想要知道的是：在反复多组'抛掷硬币 10 次'的试验中，平均下来的'正面出现几次'。"

蒂蒂："反复多组'抛掷硬币 10 次'的试验……的确像学长说的，我没有想得那么深。"

第 1 次试验　(反)(正)(反)(正)(反)(反)(正)(反)(反)(反)　正面出现 3 次

第 2 次试验　(反)(反)(正)(反)(正)(正)(正)(反)(反)(正)　正面出现 5 次

第 3 次试验　(正)(反)(正)(反)(反)(反)(正)(反)(反)(正)　正面出现 4 次

⋮

反复"抛掷硬币 10 次"试验的例子

我："你刚才列的算式：

$$\frac{0+1+2+3+4+5+6+7+8+9+10}{11}$$

感觉就像——'正面出现 0 次'、'正面出现 1 次'、'正面出现 2 次'……'正面出现 10 次'等，11 种情况出现的概率全部相等，把 0 到 10 分别乘以 $\frac{1}{11}$，再全部加起来。"

$$\frac{0+1+2+3+4+5+6+7+8+9+10}{11}$$
$$=\frac{0}{11}+\frac{1}{11}+\frac{2}{11}+\frac{3}{11}+\frac{4}{11}+\frac{5}{11}+\frac{6}{11}+\frac{7}{11}+\frac{8}{11}+\frac{9}{11}+\frac{10}{11}$$

蒂蒂："咦？这就……奇怪了。"

我："执行 1 组'抛掷硬币 10 次'的试验时，'正面出现次数'的概率不全然相同，不能这样单纯地相加再相除哦。"

蒂蒂："是哦……"

我："我们想要知道的是平均下来正面出现的次数，所以要将'正面出现次数'乘上'该次数的出现概率'。次数要先乘上概率权数再进行相加，也就是求加权平均数。"

蒂蒂："……原来如此。"

我："前面的问题 1 只说了平均数，所以才会引起误解吧，改成期望值可能会比较好。"

蒂蒂："期望值？"

我："嗯。'正面出现次数'的平均数，可称为'正面出现次数'的期望值。然后，'正面出现次数'的期望值是'正面出现次数'乘上'该次数的出现概率'再相加起来。"

蒂蒂："'正面出现次数'乘上'该次数的出现概率'……"

我："比如，假设'正面出现 k 次的概率'为 P_k，则期望值就是把 $0 \cdot P_0$、$1 \cdot P_1$、$2 \cdot P_2$ 到 $10 \cdot P_{10}$ 相加。"

蒂蒂："意思是

$$0 \cdot P_0 + 1 \cdot P_1 + 2 \cdot P_2 + \cdots + 10 \cdot P_{10}$$

吗？"

我："没错。这就是'正面出现次数'的期望值。"

抛掷硬币 10 次"正面出现次数"的期望值

"正面出现次数"的期望值公式为：

$$0 \cdot P_0 + 1 \cdot P_1 + 2 \cdot P_2 + \cdots + 10 \cdot P_{10}$$

其中，P_k 是"正面出现 k 次的概率"。

蒂蒂："平均数和期望值相同吗?"

我："嗯,平均数和期望值可看作相同,但期望值主要是针对随机变量。"

蒂蒂："随机变量?"

我："现在说的'正面出现次数'就是随机变量。换句话说,随机变量是'抛掷硬币 10 次'试验中正面出现次数的具体数值。"

蒂蒂："'抛掷硬币 10 次'正面可能出现 0 次、3 次或 10 次,这个 0、3、10 就是随机变量?"

我："'正面出现次数'是随机变量,而 0、3、10 等是随机变量的数值。"

蒂蒂："原来如此。"

我："'正面出现次数'是随机变量,具体出现的数值随每次试验而变。然后,随机变量的平均数,即为期望值。所以,平均数和期望值的意思几乎相同。"

蒂蒂："从字面上的意思来看,期望值就像'正面可期望出现的次数'。"

我："没错! 在求期望值时,要先计算各随机变量对应的概率,乘上各自的权数后求取平均数。"

蒂蒂："权数……在这边是指概率对吧?"

我："是啊。概率越高,该数值越易出现;概率越低,该数值越难出现。随机变量的数值乘上概率权数，求得的平均数就是期望值。"

蒂蒂："我大致理解了。在求'正面出现次数'的期望值时，

$$0 \cdot P_0 + 1 \cdot P_1 + 2 \cdot P_2 + \cdots + 10 \cdot P_{10}$$

这个式子就是计算 k 乘上 P_k 权数的平均数！"

我："没错，就是这么回事。"

蒂蒂："换句话说，想要求'正面出现次数'的期望值，要先分别计算 P_1、P_2、P_3、……、P_{10}？"

我："没错。我们来计算正面出现 k 次的概率 P_k 吧！"

4.3　正面出现 k 次的概率 P_k

> **问题 2（求概率）**
>
> 假设抛掷硬币 10 次，正面出现 k 次的概率为 P_k，试求 P_k。

蒂蒂："这不难嘛。"

我："是啊。只要考虑抛掷硬币 10 次的所有可能……"

蒂蒂："等一下，学长。"

蒂蒂伸出右手，对我做出停止的手势。"为了挽回名誉，这次让我来作答。现在要求的是，抛掷硬币 10 次正面出现 k 次的

概率 P_k。"

我：" 嗯。"

蒂蒂：" 这样的话……

$$\text{"正面出现}k\text{次的概率}P_k\text{"} = \frac{\text{"正面出现}k\text{次的可能值"}}{\text{"所有可能值"}}$$

就要用这个式子来计算，对吧?"

我：" 是啊。因为抛掷硬币 10 次的 ' 所有可能 '，发生的概率
　　相等。"

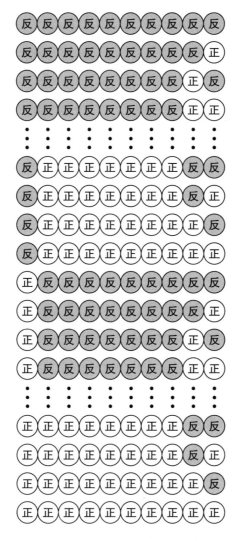

抛掷硬币 10 次的"所有可能"

蒂蒂: "嗯。抛掷硬币 10 次的所有可能有 2^{10} 种。因为第 1 次抛

掷有正反 2 种可能，接着第 2 次也有正反 2 种可能……以此

类推：

$$\underbrace{2\times2\times2\times2\times2\times2\times2\times2\times2\times2}_{10\uparrow}=2^{10}$$

这就是全部的排列组合。"

我："没错。"

蒂蒂："然后，10 次中正面出现 k 次的组合数，可以想成从 10 枚

中选取 k 枚的组合数，

$$C_{10}^{k}=\binom{10}{k}=\frac{10!}{k!(10-k)!}$$

会像是这样 [1]。"

我："嗯。做得不错。"

蒂蒂："所以，概率 P_k 是这样的。"

$$P_k=\frac{1}{2^{10}}\cdot\binom{10}{k}$$
$$=\frac{1}{2^{10}}\cdot\frac{10!}{k!(10-k)!}$$

---

[1]　参见《数学女孩的秘密笔记：排列组合篇》。

解答 2（求取概率）

抛掷硬币 10 次正面出现 k 次的概率 P_k 会是：

$$P_k = \frac{1}{2^{10}} \cdot \binom{10}{k} = \frac{1}{2^{10}} \cdot \frac{10!}{k!(10-k)!}$$

我："好厉害。一次就答对了。"

蒂蒂："谢谢夸奖。能被称赞是很好啦⋯⋯但计算过程感觉好复杂！"

我："没想到元气少女蒂蒂也会感到畏惧。"

蒂蒂："只要加油，肯定没问题的！先看 P_0，只要代入 $k=0$ 就行了吧。"

$$
\begin{aligned}
P_0 &= \frac{1}{2^{10}} \cdot \frac{10!}{0!(10-0)!} \\
&= \frac{1}{2^{10}} \cdot \frac{10!}{1 \cdot 10!} \qquad \text{因为 } 0!=1 \\
&= \frac{1}{2^{10}} \qquad\qquad\quad \text{以 } 10! \text{ 约分}
\end{aligned}
$$

我："完成了呢。"

蒂蒂："$P_0 = \dfrac{1}{2^{10}}$。"

我："没错。P_0 是'正面出现 0 次的概率'，也就是 10 次全是反面的概率，2^{10} 种中就只有 1 种而已。所以，$P_0 = \dfrac{1}{2^{10}}$ 的分子会是 1。"

正面为 0 次的可能只有 1 种

蒂蒂:"对啊。"

我:"同理，P_1 也能马上求出来吧?"

蒂蒂:"没问题!"

$$P_1 = \frac{1}{2^{10}} \cdot \frac{10!}{1!(10-1)!}$$

$$= \frac{1}{2^{10}} \cdot \frac{10!}{9!}$$

$$= \frac{1}{2^{10}} \cdot \frac{10 \times 9!}{9!} \qquad \text{因为 } 10! = 10 \times 9!$$

$$= \frac{10}{2^{10}} \qquad \text{以 } 9! \text{ 约分}$$

蒂蒂:"P_1 也不难。因为 $P_1 = \frac{10}{2^{10}}$，约分后得 $\frac{5}{2^9}$。"

我:"啊，这边不要约分会比较好。这样 P_1 代表的意思才明显，表示'正面仅出现 1 次的概率'。仅在第 1 次出现正面、仅在第 2 次出现正面……然后，仅在第 10 次出现正面，共有 10 种。分式不要约分，分母保持 2^{10}，$P_1 = \frac{10}{2^{10}}$ 的分子就是 10。"

正面为 1 次的可能有 10 种

蒂蒂： "原来如此，我知道了。那么，我接下去求 P_2！"

$$P_2 = \frac{1}{2^{10}} \cdot \frac{10!}{2!(10-2)!}$$

$$= \frac{1}{2^{10}} \cdot \frac{10!}{2 \cdot 8!} \qquad 因为\ 2! = 2 \times 1 = 2$$

$$= \frac{1}{2^{10}} \cdot \frac{10 \times 9 \times 8!}{2 \cdot 8!} \qquad 因为\ 10! = 10 \times 9 \times 8!$$

$$= \frac{1}{2^{10}} \cdot \frac{10 \times 9}{2} \qquad 以\ 8!\ 约分$$

$$= \frac{45}{2^{10}}$$

蒂蒂： "跟前面一样，这边也要保持分母是 2^{10}。"

我:"$P_2 = \dfrac{45}{2^{10}}$ 的分子会是 45。1、10、45……差不多注意到了吧?"

蒂蒂:"注意到什么?"

我:"后面不用一个一个计算,可以利用杨辉三角形!"

蒂蒂:"啊!"

4.4　杨辉三角形

蒂蒂:"对哦。10 枚选 k 枚的组合数,通过杨辉三角形马上就可以知道了!嗯……"

杨辉三角形

```
                          1
                       1     1
                    1     2     1
                 1     3     3     1
              1     4     6     4     1
           1     5    10    10     5     1
        1     6    15    20    15     6     1
     1     7    21    35    35    21     7     1
  1     8    28    56    70    56    28     8     1
1     9    36    84   126   126    84    36     9     1
1    10    45   120   210   252   210   120    45    10     1
```

杨辉三角形的作法

制作杨辉三角形时，令各列两端为 1，相邻的两数相加形成下一列的数。

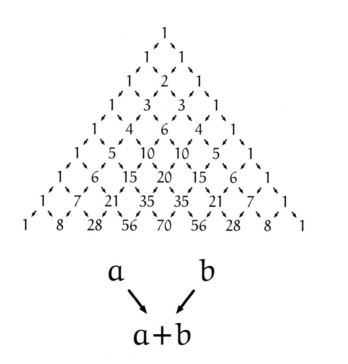

我："数列 1, 10, 45, 120, 210, 252, 210, 120, 45, 10, 1，相当于 $\binom{10}{k}$ 且 $k = 0, 1, 2, \cdots, 10$，可以运用到期望值 μ 的计算上。"

$$\begin{array}{ccccccccccc}
1 & 10 & 45 & 120 & 210 & 252 & 210 & 120 & 45 & 10 & 1 \\
\| & \| & \| & \| & \| & \| & \| & \| & \| & \| & \| \\
\binom{10}{0} & \binom{10}{1} & \binom{10}{2} & \binom{10}{3} & \binom{10}{4} & \binom{10}{5} & \binom{10}{6} & \binom{10}{7} & \binom{10}{8} & \binom{10}{9} & \binom{10}{10}
\end{array}$$

由杨辉三角形取得组合数

蒂蒂："'正面出现次数'可以作成这样的图表。"

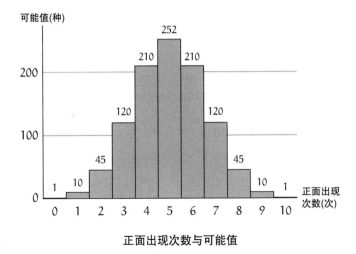

正面出现次数与可能值

我："没错。正面出现 5 次的可能共有 252 种。"

蒂蒂："从杨辉三角形求得组合数，这样就能计算 P_k 的期望值了！"

$$\mu = 0 \times P_0 + 1 \times P_1 + 2 \times P_2 + \cdots + 10 \times P_{10}$$

$$= 0 \times \frac{1}{2^{10}} \binom{10}{0} + 1 \times \frac{1}{2^{10}} \binom{10}{1} + 2 \times \frac{1}{2^{10}} \binom{10}{2} + \cdots + 10 \times \frac{1}{2^{10}} \binom{10}{10}$$

$$= \frac{1}{2^{10}} \left\{ 0 \times \binom{10}{0} + 1 \times \binom{10}{1} + 2 \times \binom{10}{2} + \cdots + 10 \times \binom{10}{10} \right\}$$

$$= \frac{1}{2^{10}} (0 \times 1 + 1 \times 10 + 2 \times 45 + 3 \times 120 + 4 \times 210$$

$$+ 5 \times 252 + 6 \times 210 + 7 \times 120 + 8 \times 45 + 9 \times 10 + 10 \times 1)$$

$$= 嗯\cdots\cdots$$

我："啊，这边要利用对称性。杨辉三角形左右对称，适当整合就能简化乘法运算，先整合乘数为 1、10、45、120、210 的项目。"

蒂蒂："原来如此。"

$$\mu = \frac{1}{2^{10}} (0 \times 1 + 1 \times 10 + 2 \times 45 + 3 \times 120 + 4 \times 210$$

$$+ 5 \times 252 + 6 \times 210 + 7 \times 120 + 8 \times 45 + 9 \times 10 + 10 \times 1)$$

$$= \frac{1}{2^{10}} ((0 + 10) \times 1 + (1 + 9) \times 10 + (2 + 8) \times 45 + (3 + 7) \times 120$$

$$+ (4 + 6) \times 210 + 5 \times 252)$$

$$= \frac{1}{2^{10}} (10 \times 1 + 10 \times 10 + 10 \times 45 + 10 \times 120 + 10 \times 210 + 5 \times 252)$$

蒂蒂："啊，这次再用 10 来整理。"

$$\mu = \frac{1}{2^{10}}(10\times1+10\times10+10\times45+10\times120+10\times210+5\times252)$$

$$= \frac{1}{2^{10}}(10\times(1+10+45+120+210)+5\times252)$$

$$= \frac{1}{2^{10}}(10\times386+5\times252)$$

$$= \frac{1}{2^{10}}(3860+1260)$$

$$= \frac{5120}{1024}$$

$$= 5$$

蒂蒂："算出来了！期望值果然是 5！"

解答 1（求平均数）

假设抛掷硬币 10 次"正面出现次数"的平均数（平均值）

为 μ，则：

$$\mu=5$$

我："嗯。没错。"

蒂蒂："平均数，也就是期望值为 5……咦？学长，$\mu=5$ 不是理

所当然吗？"

我："怎么说？"

蒂蒂："杨辉三角形左右对称，所以期望值当然会刚好落在 0 到

10 的中间啊！"

我：“说的也是！平均数相当于重心，这是理所当然的结果。”

4.5 二项式定理

蒂蒂："通过杨辉三角形，计算变得很轻松。"

我："因为这就像是二项式定理啊。"

二项式定理

$$(x+y)^n$$
$$= \binom{n}{0}x^0y^{n-0} + \binom{n}{1}x^1y^{n-1} + \binom{n}{2}x^2y^{n-2} + \cdots + \binom{n}{n}x^ny^{n-n}$$
$$= \sum_{k=0}^{n}\binom{n}{k}x^ky^{n-k}$$

蒂蒂："嗯？我知道二项式定理……但哪里有出现？"

我："咦？利用二项式定理展开 $(x+y)^n$ 时，就是 'x 或 y 选一' 重复 'n 次' 哦。比如，代入 $n=10$ 会像这样。"

$$(x+y)(x+y)(x+y)(x+y)(x+y)(x+y)(x+y)(x+y)(x+y)(x+y)$$
$$\downarrow$$
$$xyxxyyyxxx$$

蒂蒂："哦。在 10 组 $x+y$ 中有 6 组选 x，剩余的选 y，形成 $xyxxyy$ $yxxx$，也就是 x^6y^4 项。然后，x^6y^4 项有 $\binom{10}{6}$ 个，这就是二项

式定理吗？”

我：“没错。那就是二项式定理，而‘x 或 y’可看作是‘正或反’。”

（正或反）（正或反）（正或反）（正或反）（正或反）（正或反）（正或反）（正或反）（正或反）（正或反）

↓

正反正正反反正正正

蒂蒂：“对哦！这是一样的啊。”

4.6　“正面出现次数”的标准差

蒂蒂：“接下来求‘正面出现次数’的标准差 σ。”

问题 3（求标准差 σ）

试求抛掷硬币 10 次“正面出现次数”的标准差 σ。

我：“标准差 σ 等于 $\sqrt{\text{方差}}$，要先求方差 σ^2。方差是‘偏差平方的平均数’，也就是‘偏差平方的期望值’，所以偏差平方乘上概率权数——会像这样。”

$$\sigma^2 = \underbrace{(0-5)^2}_{\text{偏差平方}} P_0 + \underbrace{(1-5)^2}_{\text{偏差平方}} P_1 + \underbrace{(2-5)^2}_{\text{偏差平方}} P_2 + \cdots + \underbrace{(10-5)^2}_{\text{偏差平方}} P_{10}$$

蒂蒂：“这里要减 5，是因为平均数为 5 吗？”

我：“是啊。数值减去平均数求偏差。”

k	"正面出现次数"
$k - \mu$	"正面出现次数"的偏差
$(k - \mu)^2$	"正面出现次数"的偏差平方

蒂蒂："嗯，这我知道。"

我："所以，将 σ^2 写成 $\sum$ 的话——"

$$\sigma^2 = \sum_{k=0}^{10} \underbrace{(k - \mu)^2}_{偏差平方} P_k = \sum_{k=0}^{10} (k - 5)^2 P_k$$

蒂蒂："我懂了，要用这个来展开吧！首先，$(k-5)^2 = k^2 - 10k + 5^2 \cdots\cdots$"

我："就算不展开，也可以利用下面的记诵口诀哦。"

"方差" = "平方的平均" − "平均的平方"

蒂蒂："嗯……这要怎么用在这边呢？"

我："这边把平均改成期望值就行了。"

"方差" = "平方的期望值" − "期望值的平方"

蒂蒂："原来如此。"

我："期望值是 μ，所以方差 σ^2 会变成这样。"

$$\begin{aligned} \sigma^2 &= \text{"平方的期望值"} - \text{"期望值的平方"} \\ &= \sum_{k=0}^{10} k^2 P_k - \mu^2 \end{aligned}$$

$$= \sum_{k=0}^{10} k^2 P_k - 25 \qquad \text{由 } \mu^2 = 5^2 = 25$$

蒂蒂："其中，$\sum\limits_{k=0}^{10} k^2 P_k$ 也就是：

$$0^2 P_0 + 1^2 P_1 + 2^2 P_2 + \cdots + 10^2 P_{10}$$

只要硬着头皮计算这个式子就行了。这其实不难，如同求平均数 μ 时的做法，提出 $\dfrac{1}{2^{10}}$ 整理，就出现杨辉三角形了！"

我："没错！"

$$
\begin{aligned}
\sigma^2 &= \text{"平方的期望值"} - \text{"期望值的平方"} \\
&= \sum_{k=0}^{10} k^2 P_k - 25 \\
&= 0^2 P_0 + 1^2 P_1 + 2^2 P_2 + \cdots + 10^2 P_{10} - 25 \\
&= \frac{1}{2^{10}} (0^2 \cdot 1 + 1^2 \cdot 10 + 2^2 \cdot 45 + 3^2 \cdot 120 + 4^2 \cdot 210 + 5^2 \cdot 252 \\
&\qquad + 6^2 \cdot 210 + 7^2 \cdot 120 + 8^2 \cdot 45 + 9^2 \cdot 10 + 10^2 \cdot 1) - 25 \\
&= \frac{1}{2^{10}} [(0+100) \cdot 1 + (1+81) \cdot 10 + (4+64) \cdot 45 + (9+49) \cdot 120 \\
&\qquad + (16+36) \cdot 210 + 25 \cdot 252] - 25 \\
&= \frac{1}{2^{10}} (100 \cdot 1 + 82 \cdot 10 + 68 \cdot 45 + 58 \cdot 120 + 52 \cdot 210 + 25 \cdot 252) - 25 \\
&= \frac{1}{2^{10}} (100 + 820 + 3060 + 6960 + 10920 + 6300) - 25 \\
&= \frac{28160}{2^{10}} - 25 \\
&= \frac{28160}{1024} - 25 \\
&= 27.5 - 25 \\
&= 2.5
\end{aligned}
$$

我："这边也会用到杨辉三角形的对称性。"

蒂蒂："嗯。但是，看来复杂的计算 $\frac{28160}{1024}$，却出现 27.5 这样漂亮的数字……真是不可思议。我有算错吗？"

我："你没有算错。总之，因为方差 $\sigma^2 = 2.5$，所以标准差 $\sigma = \sqrt{2.5}$，介于 1.5 至 1.6 之间。"

蒂蒂："咦？学长把 $\sqrt{2.5}$ 的值背下来了？"

我："没有，我只背了 $15^2 = 225$ 和 $16^2 = 256$ 哦。250 在 225 和 256 之间，所以 $\sqrt{2.5}$ 会在 1.5 和 1.6 之间。"

$$225 \quad < \quad 250 \quad < \quad 256$$
$$15^2 \quad < \quad 250 \quad < \quad 16^2$$
$$\sqrt{15^2} \quad < \quad \sqrt{250} \quad < \quad \sqrt{16^2}$$
$$15 \quad < \quad \sqrt{250} \quad < \quad 16$$
$$1.5 \quad < \quad \sqrt{2.5} \quad < \quad 1.6$$

蒂蒂："原来如此。"

我："可再用计算器来算出正确数值。总之，我们知道了 $\sigma = \sqrt{2.5}$。"

解答 3（求标准差）

假设抛掷硬币 10 次"正面出现次数"的标准差为：

$$\sigma = \sqrt{2.5}$$

其中 $1.5 < \sigma < 1.6$。

蒂蒂："算出来了……"

我："这不容易计算。"

蒂蒂："等等，让我整理一下前面讲的东西。开始计算后，注意
力就会完全放在计算上，如果不回顾整理，我马上就会忘
了……"

- 现在正讨论"抛掷硬币 10 次"的试验。

- "正面出现次数"每次未必相同。

- "正面出现次数"一定介于 0 次到 10 次之间。

- 所以，我们改成讨论平均下来的正面出现次数。

我："平均下来的正面出现次数，也就是期望值。"

蒂蒂："嗯！"

- 将"正面出现次数"乘上"该次数的出现概率"的权数，
  再全部相加起来。

- 由此求出"正面出现次数"的期望值。

- 为了求取期望值，要先计算"正面出现 k 次的概率 P_k"。

- 此时，计算"抛掷 10 次正面出现 k 次的可能值"。

- 这相当于 10 枚选 k 枚的组合数。

- 组合数可由杨辉三角形快速求得。

- 计算后可得期望值 $\mu = 5$。

我："正确。接下来整理标准差吧。"

蒂蒂："好的。"

- 标准差 σ 是 $\sqrt{方差}$ ，所以先求方差。
- 方差由"偏差平方"的平均数（期望值）来计算。
- 理论上是将"偏差平方"乘上概率，再全部加起来。
- 实际计算上会用：

  "方差" = "平方的期望值" - "期望值的平方"

- 利用杨辉三角形算得：

$$\sigma^2 = 2.5$$

推算得标准差：

$$\sigma = \sqrt{2.5}$$

我："你整理得非常好。"

蒂蒂："虽然计算起来不容易，但还算应付得来。杨辉三角形真是帮了大忙！"

我："多亏你的整理，让我也厘清思绪了。你还画了图表呢！谢谢。"

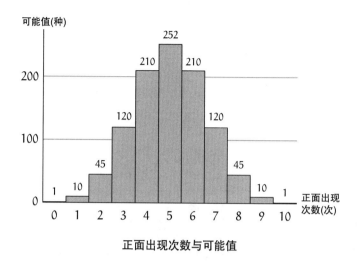

正面出现次数与可能值

蒂蒂: "不会。要不是学长帮忙, 大概连计算都有问题。总之, 期望值是 5、标准差是 $\sqrt{2.5}$。"

我: "这样一来, 针对村木老师的 '正面会出现几次' 的问题, 我们讨论出的答案是: '正面出现次数的期望值是 5、标准差是 $\sqrt{2.5}$'。"

蒂蒂: "嗯……"

我: "当然, 你画的图表也是 '正面会出现几次' 的答案。通过这张图表, 马上就能知道 '正面出现次数' 的概率。"

蒂蒂: "嗯!"

我: "因为期望值是 5, 可说正面会出现的平均次数为 5 次。我们也计算了标准差 σ, 如果正面出现次数偏离平均数, 就能够知道它的意外程度哦。"

蒂蒂："说的也是。方差、标准差是用来表示'意外程度'。"

我："是啊。这个例子中的 σ 是 $\sqrt{2.5}$，大约是 1.5，则 $\mu-\sigma$ 和 $\mu+\sigma$ 分别约为 3.5 和 6.5。所以，以 σ 的'意外程度'来想，可知'抛掷硬币 10 次，正面大概率出现 3.5~6.5 次'。"

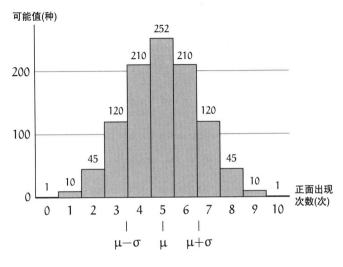

正面出现次数与可能值

蒂蒂："哦，原来如此。图表是以'宽度'表示常出现的次数。依据这张表，我们能够准确计算抛掷硬币 10 次正面出现 4~6 次的概率。因为通过杨辉三角形能得知正面出现 4~6 次的可能值！"

我："哦哦，是啊！这就是 $P_4+P_5+P_6$。"

$$P_4 + P_5 + P_6 = \frac{``正面出现4~6次的可能值"}{``所有可能值"}$$

$$= \frac{\binom{10}{4} + \binom{10}{5} + \binom{10}{6}}{2^{10}}$$

$$= \frac{210 + 252 + 210}{1024}$$

$$= \frac{672}{1024}$$

$$= 0.65625$$

蒂蒂："答案是 0.65625。"

我："换句话说，如果说抛掷硬币 10 次'正面会出现 4~6 次'，约有 65.6% 的概率正确。"

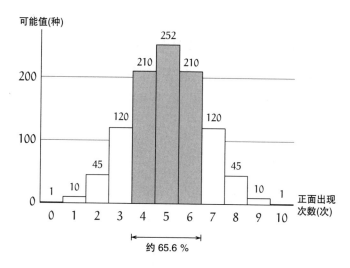

正面出现 4~6 次的可能值

蒂蒂："……学长，标准差好重要哦！！"

我："嗯，是啊。"

蒂蒂："我非常熟悉'平均数'，认为只要知道数据的平均数，就能大概掌握数据的样貌。'原来平均数是这个样子啊'……但是，'标准差'更厉害，可以知道平均数弄不清楚的事。就是这样！只知道平均数就自以为了解了，实在太糟糕了。"

我："为什么会很糟糕？"

蒂蒂："在讲标准分数时，我就有这样的感觉了。标准分数的平均数是 50、标准差是 10，除了要理解平均数的 50 之外，也要理解标准差的 10 才行。因为自己的成绩有多厉害，得通过标准差才知道！"

我："嗯，的确是这样。你所说的也可以套用到成绩以外的事物吧。我们经常调查、收集大量的数值作成数据，但若只看平均数，可能因此误判结果。除了平均数之外，也要确认标准差才行。出现数值的'意外程度'，就是以标准差作为参考的指标。"

蒂蒂："嗯。只看平均数，容易产生误解！"

"正面会不会连续出现 10 次？答案只有一个。"

第 4 章的问题

●问题 4-1（计算期望值与标准差）

抛掷骰子 1 次会出现 6 种点数：

$$\overset{1}{\boxdot}, \overset{2}{\boxdot}, \overset{3}{\boxdot}, \overset{4}{\boxdot}, \overset{5}{\boxdot}, \overset{6}{\boxdot}$$

试求抛掷骰子 1 次出现点数的期望值与标准差。假设所有点数的出现概率皆为 $\dfrac{1}{6}$。

（答案在第 242 页）

●问题 4-2（骰子游戏）

根据以下掷骰子得分的单人游戏，游戏①与游戏②各玩 1 轮时，试求各游戏的得分期望值。

游戏①

抛掷骰子 2 次，得分为掷出点数的乘积。

（掷出 $\overset{3}{\boxdot}$ 和 $\overset{5}{\boxdot}$，得分为 $3 \times 5 = 15$）

游戏②

抛掷骰子 1 次，得分为掷出点数的平方。

（掷出 $\overset{4}{\boxdot}$，得分为 $4^2 = 16$）

（答案在第 244 页）

第 5 章

抛掷硬币的真相

"只出现正面的硬币，能说是公正的吗？"

5.1　和的期望值等于期望值的和

我和蒂蒂正在图书室讨论村木老师的"问题卡片"，米尔迦走进图书室。

米尔迦："今天拿到了什么样的问题？"

蒂蒂："啊，米尔迦学姐！我们在讨论'抛掷硬币 10 次，正面会出现几次'。这是'问题卡片'。"

投掷硬币 10 次，
正面会出现几次？

米尔迦："0 次以上、10 次以下。"

我："我正在和蒂蒂讨论这个问题。"

我这么一说，米尔迦显得有些不高兴。

蒂蒂："我们刚刚计算了抛掷硬币 10 次，'正面出现次数'的期望值和标准差。只要通过杨辉三角形，计算很简单。"

米尔迦："期望值是 5、标准差是 $\sqrt{2.5}$ 。"

蒂蒂："马上就心算出来了啊！"

米尔迦："经过一般化后，二项分布 $B(n, p)$ 的期望值会是 np、方差会是 $np(1-p)$。而 $n=10$、$p=\dfrac{1}{2}$，所以期望值是 5、方差是 2.5，则标准差是 $\sqrt{2.5}$ 。你们是怎么计算的？"

米尔迦低头观察我们写出的式子，长长的黑发顺着肩膀滑下。

我："我们是这样计算的。"

抛掷硬币 10 次，"正面出现次数"的期望值

"正面出现次数"的期望值是：

$$0 \cdot P_0 + 1 \cdot P_1 + 2 \cdot P_2 + \cdots + 10 \cdot P_{10}$$

其中，P_k 是"正面出现 k 次的概率"。

米尔迦："为什么不用'和的期望值等于期望值的和'呢？"

我："和的期望值……"

蒂蒂："……期望值的和？"

米尔迦："抛掷公正的硬币 1 次，'正面出现次数'的期望值是 $\frac{1}{2}$。抛掷 10 次的期望值，相当于将 10 个 $\frac{1}{2}$ 相加，也就是期望值会是 $\frac{1}{2}$ 的 10 倍，等于 5。这里可以利用期望值的线性性质。"

$$\underbrace{\frac{1}{2}+\frac{1}{2}+\frac{1}{2}+\frac{1}{2}+\frac{1}{2}+\frac{1}{2}+\frac{1}{2}+\frac{1}{2}+\frac{1}{2}+\frac{1}{2}}_{10\text{个}\frac{1}{2}\text{相加}}=\frac{10}{2}=5$$

蒂蒂："能够这么简单就推导出期望值的线性性质吗？"

我："这样就行了吗……"

米尔迦："期望值的线性性质可以用在各种随机变量上，非常方便哦。"

蒂蒂："二项分布、期望值的线性性质、随机变量……出现这么多名词，我快要晕了！"

蒂蒂一边在"秘密笔记"上做记录一边说。

米尔迦："我们从基本概念讲起吧。"

5.2　期望值的线性性质

米尔迦："'抛掷硬币'的行为称为试验。决定讨论的试验很重要，像是'抛掷硬币 10 次''抛掷硬币 1 次''抛掷骰子 1 次'等。"

我："前面讨论的试验是'抛掷硬币 10 次'。"

米尔迦："然后，执行试验所引起的现象称为事件，也就是 event。"

蒂蒂："'event'……的确是'事件'。"

米尔迦："无法再继续细分的事件，称为基本事件。然后，基本事件所对应的数值，称为随机变量。"

蒂蒂："随机变量和概率不同吗？"

米尔迦："随机变量和概率不同哦。"

我："举个例子吧。"

米尔迦："也好。那就来说'抛掷硬币 1 次'的试验吧。这个试验中，有'出现正面'和'出现反面'2 种基本事件。"

蒂蒂："嗯，这个我知道。"

米尔迦："随机变量是基本事件所对应的数值。举例来说，假设'抛掷硬币 1 次'试验中随机变量 X 为'正面出现次数'。此时，对于'出现正面'和'出现反面'这两个基本事件，其随机变量 X 的数值会像这样。"

基本事件	表示正面出现次数的 随机变量 X 的数值
"出现正面"	1
"出现反面"	0

我："随机变量 X 表示'正面出现次数'，的确会是这样。"

蒂蒂："1 是指出现正面 1 次、0 是指出现正面 0 次吗？"

米尔迦："没错。这个表格还可以写成：

$$\begin{cases} X(\text{"出现正面"}) = 1 \\ X(\text{"出现反面"}) = 0 \end{cases}$$

所以，随机变量可以说是'基本事件对应的数值函数'。"

我："哦，原来如此。"

蒂蒂："虽然叫作随机变量，实际上却是函数，真好玩……"

米尔迦："随机变量根据基本事件决定的各种数值，这些数值的平均数，即为随机变量 X 的期望值：

$$E[X]$$

写成数学式，随机变量 X 的期望值会是：

$$E[X] = \sum k \cdot \Pr(X = k)$$

其中，$\sum$ 是随机变量 X 的所有可能值 k 相加。"

期望值

随机变量 X 的期望值 $E[X]$ 定义为：

$$E[X] = \sum k \cdot \Pr(X = k)$$

其中，$\sum$ 是随机变量 X 的所有可能值 k 相加。

蒂蒂："学长学姐，等等，一下子出现这么多符号，我快要晕了。

$E[X]$ 中的 E 表示什么？"

米尔迦："$E[X]$ 表示随机变量 X 的期望值。$E[X]$ 中的 E 表示
'期望值'（Expected Value）。"

蒂蒂："原来如此。那 $\Pr(X=k)$ 呢？括号中间放入 $X=k$ 的式子，
感觉好奇怪。"

我："这是指 $X=k$ 时的概率。"

米尔迦："是的。$\Pr(X=k)$ 表示'随机变量 X 的值等于 k 时的概
率'。$\Pr$ 表示'概率'（Probability）。"

我："之前① 我们把期望值写成 μ。"

米尔迦："期望值是随机变量的平均数，所以也可以写成 μ，但写
成 $E[X]$ 更能表达这是随机变量 X 的期望值。"

我："说的也是。"

米尔迦："在'抛掷硬币 1 次'的试验中，假设随机变量 X 为'正
面出现次数'，则 X 的期望值会是这样的"。

$$\begin{aligned}
E[X] &= \sum_{k=0}^{1} k \cdot \Pr(X=k) \\
&= 0 \cdot \underbrace{\Pr(X=0)}_{\text{反面出现的概率}} + 1 \cdot \underbrace{\Pr(X=1)}_{\text{正面出现的概率}}
\end{aligned}$$

蒂蒂："不好意思，我确认一下：$\Pr(X=0)$ 是'反面出现的概
率'、$\Pr(X=1)$ 是'正面出现的概率'，两种情况都是 $\dfrac{1}{2}$ 吗？"

---

① 参见第 4 章。

米尔迦："如果抛掷的硬币公正,是这样的。"

蒂蒂:"'公正'的意思是?"

米尔迦:"硬币公正,是指正反面的出现概率相同。"

蒂蒂:"我了解了。"

米尔迦:"假设硬币公正,则随机变量 X 的期望值 $E[X]$ 可以像这样计算。X 的可能数值有 0 和 1,如同期望值的定义,0 乘上 $\Pr(X=0)$ 与 1 乘上 $\Pr(X=1)$ 相加。"

$$E[X] = 0 \cdot \underbrace{\Pr(X=0)}_{\frac{1}{2}} + 1 \cdot \underbrace{\Pr(X=1)}_{\frac{1}{2}}$$
$$= 0 \cdot \frac{1}{2} + 1 \cdot \frac{1}{2}$$
$$= \frac{1}{2}$$

蒂蒂:"嗯……这个最后的 $\frac{1}{2}$ 是指'抛掷硬币 1 次正面出现次数的期望值'吗?"

我:"是啊。"

米尔迦:"硬币不公正时,也是相同的思考方式。在'抛掷硬币 1 次'的试验中,假设正面出现的概率为 p,则反面出现的概率是 $1-p$,所以表示'正面出现次数'的随机变量 X 的期望值会像这样。"

$$E[X] = 0 \cdot \underbrace{\Pr(X=0)}_{1-p} + 1 \cdot \underbrace{\Pr(X=1)}_{p}$$
$$= 0(1-p) + 1 \cdot p$$
$$= p$$

蒂蒂："到这里都没有问题。我想问的是……"

　　蒂蒂重读翻开的"秘密笔记"。

蒂蒂："前面出现的'期望值的线性性质'，是指什么?"

米尔迦："期望值的线性性质是期望值的特性之一。"

期望值的线性性质

假设随机变量为 X、Y，常数为 a，则下述性质成立。

"和的期望值等于期望值的和"

$$E[X+Y] = E[X] + E[Y]$$

"常数倍的期望值等于期望值的常数倍"

$$E[aX] = aE[X]$$

蒂蒂："……"

我："换句话说，计算随机变量 $X+Y$ 和的期望值 $E[X+Y]$ 时，直接把 X 的期望值 $E[X]$ 加上 Y 的期望值 $E[Y]$ 就行了哦，蒂蒂。"

蒂蒂："哦……假定期望值具备这样的性质，我还是想不通，为什么能够那么简单地求出期望值呢？虽然我能理解学长前面写的期望值公式。"

$$0 \cdot P_0 + 1 \cdot P_1 + 2 \cdot P_2 + \cdots + 10 \cdot P_{10}$$

米尔迦："这个式子是照着定义写下来的，老实地分别求出表示'正面出现次数'的 X 为 0, 1, 2, $\cdots$, 10 的概率，完全根据期望值的定义来计算 [1]"。

$$E[X] = \sum_{k=0}^{10} k \cdot \Pr(X = k)$$

我："这是利用期望值的定义，答案不会有错。"

米尔迦："当然，答案没有错。我们回来讲怎么利用期望值的线性性质吧。在'抛掷硬币 10 次'的试验中，假设随机变量 X 为'正面出现次数'。"

蒂蒂："好的。"

米尔迦："针对同样'抛掷硬币 10 次'的试验，像这样讨论另外 10 个不同于 X 的随机变量。"

$x_1 = $"第 1 次抛掷硬币，正面出现为 1、反面出现为 0"

$x_2 = $"第 2 次抛掷硬币，正面出现为 1、反面出现为 0"

$x_3 = $"第 3 次抛掷硬币，正面出现为 1、反面出现为 0"

① 参见第 4 章（第 130 页）。

$x_4 =$ "第 4 次抛掷硬币，正面出现为 1、反面出现为 0"

$x_5 =$ "第 5 次抛掷硬币，正面出现为 1、反面出现为 0"

$x_6 =$ "第 6 次抛掷硬币，正面出现为 1、反面出现为 0"

$x_7 =$ "第 7 次抛掷硬币，正面出现为 1、反面出现为 0"

$x_8 =$ "第 8 次抛掷硬币，正面出现为 1、反面出现为 0"

$x_9 =$ "第 9 次抛掷硬币，正面出现为 1、反面出现为 0"

$x_{10} =$ "第 10 次抛掷硬币，正面出现为 1、反面出现为 0"

蒂蒂："咦？这是……"

米尔迦："随机变量 X_j 是指在'抛掷硬币 10 次'的试验中，第 j 次抛掷硬币出现正面时随机变量为 1、出现反面时随机变量 为 0。"

蒂蒂："能说得再具体一点吗？"

米尔迦："举例来说，抛掷硬币 10 次出现的结果为'反正正反反 正正正反反'，则 $X_9 = 0$；若是'反正正反反正正正正反'，则 $X_9 = 1$。写成函数会像这样。"

$$X_9 （反正正反反正正正反反）= 0$$
$$X_9 （反正正反反正正正正反）= 1$$

蒂蒂："原来如此，X_9 是仅在第 9 次出现正面时为 1 的随机变 量嘛！"

米尔迦："对。这样看来，下式明显成立。"

$$X = X_1 + X_2 + \cdots + X_{10}$$

蒂蒂："那么，为什么这会'明显'成立?"

我："蒂蒂，只要了解各随机变量的意义，就非常明显哦。随机变量 X 表示'正面出现次数'，所以是相加全部'第 j 次出现正面时为 1'随机变量 X_j 的数值。"

蒂蒂："等一下。以

$$\text{反正正反反正正正反反}$$

为例——

$X_1(\text{反正正反反正正正反反}) = 0$

$X_2(\text{反正正反反正正正反反}) = 1$

$X_3(\text{反正正反反正正正反反}) = 1$

$X_4(\text{反正正反反正正正反反}) = 0$

$X_5(\text{反正正反反正正正反反}) = 0$

$X_6(\text{反正正反反正正正反反}) = 1$

$X_7(\text{反正正反反正正正反反}) = 1$

$X_8(\text{反正正反反正正正反反}) = 1$

$X_9(\text{反正正反反正正正反反}) = 0$

$X_{10}(\text{反正正反反正正正反反}) = 0$

啊，我懂了。这个正全部加起来的 5，就是"正面出现次数"！

$$X(\text{反正正反反正正正反反}) = 5$$

的确，这个式子会成立：

$$X = X_1 + X_2 + \cdots + X_{10}$$

非常明显！我弄懂了！"

米尔迦："弄懂之后，利用期望值的线性性质，就能理解为什么 $E[X] = 5$ 了。"

$$
\begin{aligned}
E[X] &= E(X_1 + X_2 + \cdots + X_{10}) && \text{因为 } X = X_1 + X_2 + \cdots + X_{10}\\
&= E[X_1] + E[X_2] + \cdots + E[X_{10}] && \text{因为期望值的线性性质}\\
&= \underbrace{\frac{1}{2} + \frac{1}{2} + \cdots + \frac{1}{2}}_{10\text{个}} && \text{因为 } E[X_j] = \frac{1}{2}\\
&= 5
\end{aligned}
$$

蒂蒂："原来如此……这样就完全弄懂了！"

米尔迦："假设正面出现的概率为 p、抛掷次数为 n，便能够一般化。换句话说：

$$
\begin{aligned}
E[X] &= E(X_1 + X_2 + \cdots + X_n)\\
&= E[X_1] + E[X_2] + \cdots + E[X_n]\\
&= \underbrace{p + p + \cdots + p}_{n\text{个}}\\
&= np
\end{aligned}
$$

这样就知道'正面出现次数'的期望值是 np。再稍微计算一下，'正面出现次数' 的标准差是 $\sqrt{np(1-p)}$ 。[1]"

5.3　二项分布

蒂蒂再次翻开 "秘密笔记"。

蒂蒂："前面还提到了'二项分布'。"

米尔迦："二项分布是概率分布的一种。抛掷正面出现概率为 p 的硬币 n 次，遵从'正面出现次数'随机变量的概率分布，就是二项分布。假设每次的硬币抛掷皆为独立事件。"

蒂蒂："独立事件？"

我："就是指上一次的结果不会影响下一次。"

蒂蒂："不好意思，我还有问题。请问概率分布是什么？概率、随机变量、概率分布，类似的名词好多……"

米尔迦："执行试验产生某基本事件，发生的基本事件决定随机变量的值。那么，随机变量为该数值的概率为多少？概率分布用来表示各随机变量的数值分布情形。二项分布的图形可以帮助我们了解。"

---

[1]　参见本章附录：二项分布的期望值、方差、标准差（第 206 页）。

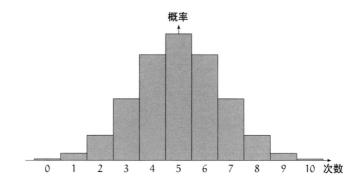

抛掷公正硬币 10 次的概率分布二项分布 $B\left(10, \dfrac{1}{2}\right)$

米尔迦："这是二项分布 $B\left(10, \dfrac{1}{2}\right)$ 的概率分布。二项分布以抛掷硬币的次数 n 和概率 p 表示成：

$$B(n, p)$$

横轴为随机变量的和值，以抛掷硬币来说，就是正面出现的次数。"

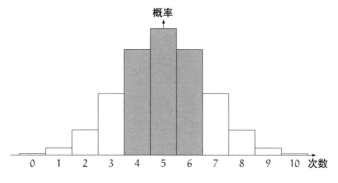

抛掷公正硬币 10 次，正面出现 4、5 或 6 次的概率

米尔迦："比如，'正面出现 4、5 或 6 次的概率'，是这些次数的

出现概率相加。"

蒂蒂："啊，杨辉三角形！ 10 个选 k 个的组合数是 $\dbinom{10}{k}$。"

k	0	1	2	3	4	5	6	7	8	9	10
$\dbinom{10}{k}$	1	10	45	120	210	252	210	120	45	10	1

组合数

米尔迦："这是组合数。因为二项分布是概率分布，概率的总和必

须是 1，所以要再除以 $2^{10}=1024$。"

k	0	1	2	3	4	5	6	7	8	9	10
$\dfrac{\dbinom{10}{k}}{2^{10}}$	$\dfrac{1}{1024}$	$\dfrac{10}{1024}$	$\dfrac{45}{1024}$	$\dfrac{120}{1024}$	$\dfrac{210}{1024}$	$\dfrac{252}{1024}$	$\dfrac{210}{1024}$	$\dfrac{120}{1024}$	$\dfrac{45}{1024}$	$\dfrac{10}{1024}$	$\dfrac{1}{1024}$

二项分布 $B\left(10, \dfrac{1}{2}\right)$

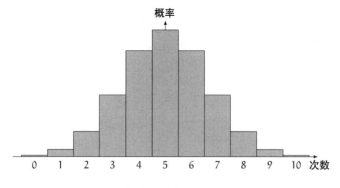

概率的总和等于 1

米尔迦："如上所述，概率分布表示'随机变量的概率'的分布
情形。"

蒂蒂："原来如此……"

米尔迦："除了二项分布以外，还有其他不同的概率分布，像是基
本事件发生概率皆相同的均匀分布。以'抛掷公正骰子 1
次'的试验来说，有'出现$\boxed{\cdot}$'~'出现$\boxed{\vdots\vdots}$'等 6 种基本事
件。随机变量为骰子的点数，各点数出现的概率皆为$\frac{1}{6}$。这
也是均匀分布。"

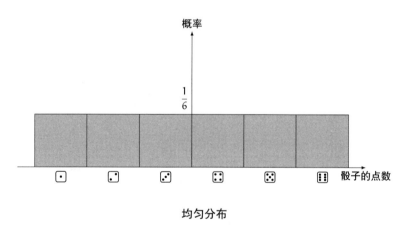

均匀分布

米尔迦："当二项分布的 n 越大，取极限 $n \to \infty$ 时，概率分布会
呈现正态分布。"

蒂蒂："正态分布……"

米尔迦："二项分布的 n 越大，相当于抛掷骰子的次数越多。调查
抛掷硬币正面出现几次时，会直接将出现正面的次数相加。"

这样来想，就能理解为什么各种现象的统计量会近似正态分布。把不同因素视为抛掷硬币，由该因素的总和决定我们眼前发生的现象，这算是一种单纯的数理模型。"

蒂蒂："……"

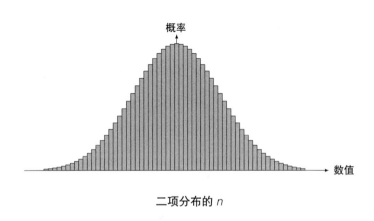

二项分布的 n

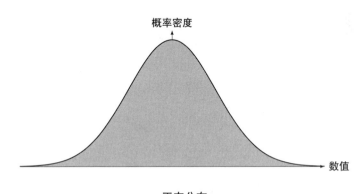

正态分布

米尔迦："二项分布是离散型概率分布，所以概率以求和（$\sum$）来计算；正态分布是连续型概率分布，纵轴为概率密度，所以

概率以积分 (∫) 来计算。"

5.4 硬币真的公正吗

蒂蒂："光由抛掷硬币就能讨论这么多事情。"

米尔迦："在抛掷硬币时，会产生一个简单却重要的疑问：'硬币真的公正吗？'硬币出现正面的概率真的是 $\frac{1}{2}$ 吗？"

  米尔迦边说边用手指扶正眼镜。

蒂蒂："这是说我们拿的硬币不公正吗？"

米尔迦："正面出现的概率能说是 $\frac{1}{2}$ 吗？"

蒂蒂："应该可以吧。因为又没有哪一面更重。"

我："硬币表面凹凹凸凸，质地多少会有不均吧。"

蒂蒂："那把硬币的正反面磨光，质地就不会有不均了！"

米尔迦："意思是让正反面完全相同？"

蒂蒂："是啊，完全相同。"

米尔迦："这样怎么分正反面呢？"

蒂蒂："啊……"

米尔迦："即便准备一枚均匀的硬币，主张'这枚硬币公正'，也没办法通过数学方法直接证明。"

我："嗯……"

蒂蒂："没有办法啊……"

米尔迦："数学一直存在这个问题。针对物理上的性质、社会上的
　　　现象，数学都无法直接给予证明。数学只能提示如何操作数
　　　理模型而已。如同我们处理抛掷硬币的问题，实际上并没有
　　　真的抛掷硬币，而是操作抛掷硬币的数理模型。这并不限于
　　　抛掷硬币，面对各种现象，我们都会将其数理模型化，转为
　　　'事件发生概率为 p，反复操作 n 次的结果'。然后，整理前
　　　提条件，从数学的角度解释数理模型化的现象。"

蒂蒂："嗯……不太懂啊。"

我："举个例子吧。"

米尔迦："也好。比如——"

抛掷硬币 10 次全部出现反面。

能说这枚硬币公正吗？

蒂蒂："如果公正，全部出现反面的概率应该是 $\dfrac{1}{1024}$。"

我："抛掷硬币 10 次全部出现反面，这是非常罕见的情况。这样
　　很难说是公正的硬币吧。"

蒂蒂："但是，概率不为 0。只要概率不为 0，就有可能发生吧？"

　　　此时，米尔迦打了一个响指。

米尔迦："没错。抛掷公正硬币 10 次，'全部出现反面'的概率的
　　　确不为 0。可是，只主张'概率不为 0，所以可能发生'就

太可惜了。"

蒂蒂："可惜？"

米尔迦："除了'概率不为 0'之外，我们还有许多条件，像是
'概率为 $\frac{1}{1024}$'。"

我："原来如此。"

米尔迦："确实，只要概率不为 0，就有可能发生。但是，不能再
说得更明确一点吗？下面来做整理吧。"

- 假设抛掷的硬币是公正的。
- 抛掷 10 次全部出现反面。
- 也就是'正面出现次数'为 0。
- 假设'硬币公正'，'正面出现次数'为 0 的罕见情形的发
  生概率只有 $\frac{1}{1024}$。
- 抛掷的硬币真的可以说是公正的吗？

我："虽然难说公正，但有可能是公正的。"

蒂蒂："硬币公不公正，两种情况只会出现一种。"

- 这枚硬币公正。
- 这枚硬币不公正。

米尔迦："如果此处过于拘泥，会陷入'非零即一的诅咒'。"

蒂蒂："诅咒？"

米尔迦："非零即一、非黑即白、公不公正……即便'两种情况只
　　会出现一种'，在无法衡量的情况下，想要断定其中一种是
　　有风险的做法。"

我："说成诅咒也太夸张了吧……"

米尔迦："我们还知道'概率为 $\frac{1}{1024}$'，活用这个条件吧，像是提
　　出这样的主张。"

● 硬币是公正的——

如果这个主张正确，

有低于 1% 的概率发生'意外情况'。

我："因为有 1% 的概率会发生'意外情况'，所以'硬币是公正
　　的'的主张有 99% 的概率是错误的?"

米尔迦："不对，这里没有提示主张错误的概率，只是假定'硬币
　　是公正的'的主张正确，有多少概率会发生'意外情况'。"

蒂蒂："'硬币是公正的'，这个主张只有 1% 的概率是正确的?"

米尔迦："不对，也不是这样。这里没有提示主张正确的概率。针
　　对主张真伪的概率，也没有任何提示，只是在'硬币是公正
　　的'的假设下，讨论事件发生的概率而已。当然，我们会根
　　据这样的提示，讨论该假设的真伪。"

我："因为出现 1% 这样的数字，才会让人产生误会。"

米尔迦："当然，1% 只是一个例子。"

蒂蒂："不过……这真是模糊的比喻呢。"

米尔迦："所以，才需要决定步骤，进行假设检验。"

5.5 假设检验

米尔迦："假设检验的步骤像这样。"

假设检验的步骤

1. 提出零假设和备择假设。

2. 确立检验统计量。

3. 决定错误率（显著性水平）和拒绝域。

4. 检验统计量是否落在拒绝域。

　·落在区域内，则拒绝零假设。

　·未落在区域内，则不拒绝零假设。

蒂蒂："又出现新的名词了……什么是零假设？"

米尔迦："我们现在讨论的是硬币公不公正，所以提出零假设'硬币是公正的'。零假设，是假设检验一开始提出的假说，再由错误率决定拒不拒绝，最后'归零'的假设。"

蒂蒂："原来如此，以想要证明的事作为零假设。"

米尔迦："不是，错了。假设检验的关键在于'拒绝零假设'。拒

绝的意思就是舍弃，我们提出零假设'硬币是公正的'，检
验能否舍弃该假设。就这个意思来说，应该说以想要否定的
假设作为零假设。然后，以想要证明的事情作为备择假设。
比如，我们可以提出备择假设'硬币不是公正的'。"

我："感觉就像是概率的反证法。"

蒂蒂："拒绝零假设，这我还是不能理解……"

米尔迦："拒绝零假设的情况，是在检验统计量出现意外的数值。
拒绝零假设的检验统计量领域，称为拒绝域。先假定零假设
为真，如果发生非常意外的情况，则零假设本身为伪，这就
是假设检验的思维。拒绝域是指'意外数值'的领域，以错
误率来表现。错误率又称为显著性水平。"

蒂蒂："我还是不太懂，能举个例子吗？"

米尔迦："比如零假设是'硬币是公正的'、检验统计量是'正面
出现次数'。提出零假设'硬币是公正的'，所以当'正面出
现次数'过少或者过多时，就会发生意外情况。"

蒂蒂："是这样……没错。"

米尔迦："比如，假设错误率为 1%。在抛掷硬币 10 次的二项分布
中，在'硬币是公正的'的前提下，发生概率小于 1% 的
'意外情况'会是什么？这个'意外情况'，就是检验统计量
落在'正面出现次数'的拒绝域。"

我："嗯，我懂了。在'硬币是公正的'的前提下所发生的'意外

情况'，就是二项分布的两端部分吧。'全部出现反面'和'全部出现正面'两者的概率都是 $\dfrac{1}{1024}$，加起来是 $\dfrac{2}{1024}$ =0.001953125，约为 0.2%。这不就是发生概率小于 1% 的'意外情况'吗？"

k	0	1	2	3	4	5	6	7	8	9	10
$\Pr(X=k)$	$\dfrac{1}{1024}$	$\dfrac{10}{1024}$	$\dfrac{45}{1024}$	$\dfrac{120}{1024}$	$\dfrac{210}{1024}$	$\dfrac{252}{1024}$	$\dfrac{210}{1024}$	$\dfrac{120}{1024}$	$\dfrac{45}{1024}$	$\dfrac{10}{1024}$	$\dfrac{1}{1024}$
$\Pr(X=5)$						24.6%					
$\Pr(4\leqslant X\leqslant 6)$						65.6%					
$\Pr(3\leqslant x\leqslant 7)$						89.0%					
$\Pr(2\leqslant X\leqslant 8)$						97.9%					
$\Pr(1\leqslant X\leqslant 9)$						99.8%					
$\Pr(0\leqslant X\leqslant 10)$						100%					

抛掷公正硬币 10 次"正面出现次数"的概率
（四舍五入保留一位小数）

米尔迦："以这个表格来看，错误率 1% 和错误率 5% 的拒绝域会分别落在这里。"

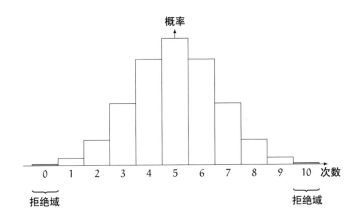

错误率 1% 的拒绝域

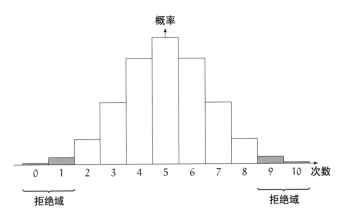

错误率 5% 的拒绝域

米尔迦："那么，我们回到抛掷硬币 10 次，以'全部出现反面'
为前提，讨论假设检验吧。"

1. 提出零假设和备择假设。

   零假设："硬币是公正的"

   备择假设："硬币不是公正的"

2. 确立检验统计量。

   检验统计量："正面出现次数"

3. 决定错误率（显著性水平）和拒绝域。

   错误率：1%

   拒绝域："正面出现次数"为 0 或者 10

4. 检验统计量是否落在拒绝域？

   抛掷 10 次硬币，全部出现反面。

   "正面出现次数"为 0，落在拒绝域。

   所以，在错误率 1% 下，

   拒绝零假设"硬币是公正的"。

我："原来如此。"

米尔迦："根据最后的说法：

在错误率 1% 下

拒绝零假设'硬币是公正的'。

能够主张：

'硬币是公正的'

若该主张为真，

则有小于 1% 的概率发生'意外情况'。

或者说成：

在统计上，

'硬币不是公正的'有 1% 的显著性水平。

错误率又称为显著性水平。"

蒂蒂："……我懂了。提出零假设后，我们会讨论'意外情况'发生的可能性。那么，错误率又是指什么发生错误的概率呢？"

米尔迦："这是假设发生错误的概率。"

我："刚才说到因全部出现反面而拒绝假设，但也有不拒绝假设的情况吧？"

米尔迦："当然。比如抛掷硬币 10 次，正面刚好只出现 1 次的情况，没有落在错误率 1%'正面出现 0 次或者 10 次'的拒绝域。因此，正面刚好出现 1 次的情况，在错误率 1% 下，不拒绝零假设'硬币是公正的'。"

蒂蒂："的确，比起抛掷 10 次'全部出现反面'，'出现 1 次正面'感觉比较公正。"

我："意思是抛掷 10 次出现 1 次正面，在错误率 1% 下，不拒绝零假设'硬币是公正的'。"

米尔迦："没错。这里要注意的一点是，'不拒绝'零假设不表示'接受'该零假设。"

○ 不拒绝零假设

× 接受零假设

蒂蒂："不拒绝不就表示接受吗？不拒绝零假设'硬币是公正的'，就是不舍弃该零假设呀，这样不就表示'硬币是公正的'吗？"

米尔迦："不对哦。那只是不拒绝零假设'硬币是公正的'，但不能主张'硬币是公正的'。我们不会用'采用零假设'的说法。"

蒂蒂："为什么？"

米尔迦："因为不拒绝只是表示，在'硬币是公正的'的前提下，没有发生'意外情况'。这只是没有找到'硬币是公正的'的意外情况，但没有充分的证据支持零假设。"

我："对哦，以反证法来说，就是没有找到矛盾的情况，仅如此没办法证明什么。"

米尔迦："手里的证据不能作为有罪的证据，所以无法判定嫌疑犯有罪，但这并未证明嫌疑犯无罪，只是处于无法断定是否有罪的状态。不拒绝零假设也是同样的情况。"

蒂蒂："嗯……"

蒂蒂又重新看了一次假设检验的步骤。

蒂蒂："'抛掷硬币 10 次出现 1 次正面'的情形，在错误率 1%
　　　下，不拒绝零假设'硬币是公正的'，但同样的零假设，在
　　　错误率更大的情况下，就会遭到拒绝。"

米尔迦："没错。错误率通常会取 1% 或 5%。在错误率 1% 下，
　　　不拒绝零假设'硬币是公正的'，但在错误率 5% 下就可能
　　　拒绝。"

蒂蒂："可是，这样……不是很奇怪吗？硬币就只有公正或不公
　　　正，却说成拒绝、不拒绝，这样感觉好奇怪。"

米尔迦："这也是'非零即一的诅咒'哦，蒂蒂。拒不拒绝零假
　　　设，并不能决定硬币是否公正。假设检验的错误率，到底只
　　　是决定拒绝零假设的拒绝域大小。由当前观测到的情况得出
　　　什么结论？这会因问题的社会性重要度、想要减小多少'零
　　　假设为真却遭到拒绝'的错误可能性而改变。只要降低错误
　　　率，就能减小误判的可能性。"

蒂蒂："这样的话，只要把错误率取得非常小，不就'安全'
　　　了吗？"

米尔迦："虽然可以这样做，但错误率取得越小，能从数据中得到
　　　的结论就越少。如果错误率取得太小，不论发生什么情况都
　　　无法拒绝零假设，这样假设检验什么都不能主张。的确，这
　　　种方法能够防止明明零假设为真却遭到拒绝的偏误，在防范

误判方面是'安全'的，但这样真的妥当吗？"

蒂蒂："……好难哦。"

我："假设检验的概念感觉有些类似标准差的'意外程度'，同样是统计意外情况会不会发生。如果发生非常意外的情况，就算错误率小，零假设也会被拒绝。标准差概念真的很重要……"

5.6 切比雪夫不等式

米尔迦："标准差非常好用。比如有 100 位应试者，如果得分的分布近似正态分布，则得分 x 满足 $\mu - 2\sigma < x < \mu + 2\sigma$ 的人约有 96 人。"

我："从'34, 14, 2'可推算出满足条件的人数约占总人数的 96%[①]。"

米尔迦："但是，即使不知道得分的分布，标准差还是很好用。比如，在任何分布中，得分 x 满足下式的应试者一定多于 75 人："

$$\mu - 2\sigma < x < \mu + 2\sigma$$

只要知道平均数 μ 和标准差 σ，就能够这样说。"

---

① 参见问题 3-4（第 122 页）。

蒂蒂："这样啊。"

我："米尔迦会用'一定'这样的字眼，真让人意外。"

米尔迦："我说'一定'，表示一定会发生。这不是经验法则，也不只限于正态分布，更不是我的臆测。在任何分布中，得分 x 满足下式的人比例一定高于 75%"。

$$\mu - 2\sigma < x < \mu + 2\sigma$$

蒂蒂："75%……"

米尔迦："反过来说，在任何分布中，

$$\mu - 2\sigma < x < \mu + 2\sigma$$

数值 x 不满足上式的比例，一定在 25% 以下。这称为切比雪夫不等式（Chebyshev inequality），是可以证明的定理。数值偏离平均数 2σ 以上的比例一定低于 25%。"

蒂蒂："25%……25 是怎么来的?"

米尔迦："这是从 $\frac{1}{2^2} = \frac{1}{4} = 0.25$ 来的，$\frac{1}{2^2}$ 的 2 是 2σ 的 2。切比雪夫不等式的说明如下。"

切比雪夫不等式

在任何分布中，

$$\mu - K\sigma < x < \mu + K\sigma$$

数值 x 不满足上式的比例低于 $\dfrac{1}{K^2}$。

其中，μ 为平均数、σ 为标准差、K 为正常数。

我："这在任何分布中都成立吗？"

米尔迦："是的。而且，K 为任意的正常数。说法也可以换成这样。"

切比雪夫不等式（换一种表述）

在任何分布中，

$$|x - \mu| \geqslant K\sigma$$

数值 x 满足上式的比例低于 $\dfrac{1}{K^2}$。

其中，μ 为平均数、σ 为标准差、K 为正常数。

蒂蒂："嗯……"

我："这真的有办法证明吗？"

米尔迦："可以。利用方差的定义，很快就能证明出来。"

蒂蒂："能再说得具体一点吗?"

切比雪夫不等式 ($K=2$ 的例子)

应试者共有 100 人,

$$|x - \mu| \geqslant 2\sigma$$

得分 x 满足上式的比例一定低于 25 人。

其中, μ 为平均数、σ 为标准差。

米尔迦:"假设人数为 100,得分为 $x_2, x_2, \cdots, x_{100}$,先求平均数 μ 和方差 σ^2 吧。"

蒂蒂:"嗯。"

米尔迦:"蒂蒂,你来算吧。"

蒂蒂:"我? 好,我就照着定义来算。"

平均数 μ

$$\mu = \frac{x_1 + x_2 + \cdots x_{100}}{100}$$

方差 σ^2

$$\sigma^2 = \frac{(x_1 - \mu)^2 + (x_2 - \mu)^2 + \cdots + (x_{100} - \mu)^2}{100}$$

米尔迦："方差 σ^2 可以拆解成这样。"

方差 σ^2（拆解）

$$\sigma^2 = \frac{(x_1 - \mu)^2}{100} + \frac{(x_2 - \mu)^2}{100} + \cdots + \frac{(x_{100} - \mu)^2}{100}$$

我："这是改成相加的形式吧。"

米尔迦："不过，现在关心的是 $x = x_1, x_2, \cdots, x_{100}$ 中，

$$|x - \mu| \geq 2\sigma \qquad （条件♡）$$

得分 x 满足上式，也就是得分偏离平均数 μ 有 2σ 以上的人。满足这项条件♡的有多少人？"

我："这该怎么计算？"

蒂蒂："我不知道……"

米尔迦："假设满足条件♡的有 m 人，则 $m \leq 100$。"

我："当然啊。全部也就 100 人，满足条件的人数会小于 100。"

米尔迦："为了方便计算，给满足条件♡的 m 人分配较小的号码，像这样排成一列。"

$$\underbrace{x_1, x_2, \cdots, x_m}_{\text{满足条件}}, \underbrace{x_{m+1}, \cdots, x_{100}}_{\text{不满足条件}}$$

蒂蒂："嗯……这后面会怎么样呢？"

米尔迦："接着就是照着方差的定义来计算。因为和的各项皆大于
0，所以如果去掉其中几项，符号要改成 ≥ 。"

$$\sigma^2 = \frac{(x_1 - \mu)^2}{100} + \cdots + \frac{(x_m - \mu)^2}{100} + \frac{(x_{m+1} - \mu)^2}{100} + \cdots + \frac{(x_{100} - \mu)^2}{100}$$

$$\geq \frac{(x_1 - \mu)^2}{100} + \cdots + \frac{(x_m - \mu)^2}{100} \qquad \text{去掉不满足条件的项目}$$

$$= \frac{\left|x_1 - \mu\right|^2}{100} + \cdots + \frac{\left|x_m - \mu\right|^2}{100} \qquad \text{因为}(x_k - \mu)^2 = \left|x_k - \mu\right|^2$$

米尔迦："不过在 $1 \leq k \leq m$ 时，由条件♡可知 $\left|x_k - \mu\right| \geq 2\sigma$，两边平
方得 $\left|x_k - \mu\right|^2 \geq (2\sigma)^2$。所以……"

$$\sigma^2 \geq \frac{\left|x_1 - \mu\right|^2}{100} + \cdots + \frac{\left|x_m - \mu\right|^2}{100} \qquad \text{由前式}$$

$$\geq \underbrace{\frac{(2\sigma)^2}{100} + \cdots + \frac{(2\sigma)^2}{100}}_{m \text{个}} \qquad \text{由条件}$$

$$= m \times \frac{(2\sigma)^2}{100} \qquad \text{因为相同项有 } m \text{ 个}$$

$$= \frac{4m\sigma^2}{100} \qquad \text{移除括号}$$

我："哦哦!"

蒂蒂："是这样啊……"

米尔迦："接着，再整理一下就行了。"

$$\sigma^2 \geq \frac{4m\sigma^2}{100} \qquad \text{由上式}$$

$$100 \geqslant 4m \qquad 两边同乘 \frac{100}{\sigma^2}$$

$$25 \geqslant m \qquad 两边同除以 4$$

$$m \leqslant 25 \qquad 两边移项$$

蒂蒂："人数小于 25 啊……"

我："去掉不满足条件♡的项目来证明啊……"

米尔迦："经过一般化，把总人数改为 n、2σ 改为 K_σ，就变成切比雪夫不等式了。"

我："嗯……原来如此……"

米尔迦："如果是正态分布，满足 $|x_k - \mu| \geqslant 2\sigma$ 的人会有约 4%。但是，即便完全不知道分布情况，只要知道平均数和标准差，满足 $|x - \mu| \geqslant K_\sigma$ 的人比例保证低于 $\frac{1}{K^2}$，一定如此。"

蒂蒂："……"

米尔迦："所以，知道标准差 σ 有很大的意义。除了平均数、期望值之外，计算标准差也很重要。"

蒂蒂："好像真的是这样。光是 $\mu - 2\sigma$ 到 $\mu - 2\sigma$ 的范围，就涵盖了 $\frac{3}{4}$ 的数据……"

我："米尔迦，稍微等一下，这有些说不通。我知道切比雪夫不等式，也知道标准差的重要性，当然也赞同计算'标准差'，但计算标准差，不就需要知道所有的数据资料吗？既然能够知道数值的分布，也就没有必要使用切比雪夫不等式来讨论所占的比例吧?"

米尔迦:"但问题是,我们未必知道所有的数据。"

我:"咦?"

米尔迦:"处理现实社会的问题时,有时会因为总体过大等原因,没有办法拿到全部的数据。此时,我们会从总体中随机抽样。抽样所得的数据称为样本或子样本。如果不知道'总体的平均数、标准差',就只能用手边的样本来计算。"

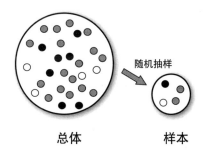

总体　　　　　　　　　**样本**

蒂蒂:"意思是以样本来代替吗?"

米尔迦:"是的。但这还没有结束,从手边的样本推测总体的平均数、标准差等统计量,需要用到统计上的估计值。"

蒂蒂:"就是用手边的武器解决看不见的敌人吧!"

米尔迦:"在讨论统计量的时候,需要特别留意。以平均数为例,必须确认讨论的是'总体的平均数''样本的平均数',还是'从样本推测总体的平均数'。"

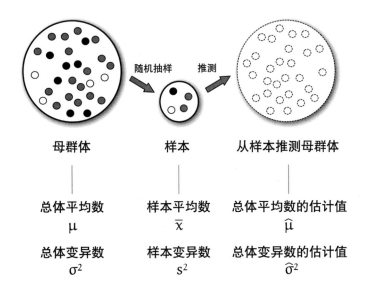

蒂蒂："哇……这些都是不同的东西！"

米尔迦："我们现在从描述数据的描述性统计，转换到推断统计量的推断性统计。"

我："原来如此。"

米尔迦："即便是测验的得分，也未必能够得到全部的数据资料。当然，即便测验的实施者知道所有的数值，也不一定全部对外公开。这时，就会不知道分布情况。"

我："原来如此……有时只能拿到标准差吗？"

米尔迦："有时能够拿到各应试者的标准分数。"

蒂蒂："标准分数……啊，对哦。如果是标准分数，就知道标准差为 10 ！"

我："等一下。因为标准分数 $\mu=50$，标准差 $\sigma=10$，所以 $\mu-2\sigma \sim$ $\mu+2\sigma$ 的范围相当于标准分数的 30~70 分。这个范围必定落在 75%，这一点都让人高兴不起来。"

米尔迦："切比雪夫不等式的优势在于不受分布影响。我并没有要为它辩护，但我们还可以加入弱大数定律。"

蒂蒂："弱大数定律？"

米尔迦："'概率是 p' 是什么意思？针对这个问题，标准差提供了一种答案。"

5.7　弱大数定律

我："'概率是 p' 是什么意思？"

蒂蒂："概率是 $\frac{1}{2}$，就是 2 次中会有 1 次出现正面吗？"

我："这样说不太正确。'2 次中会有 1 次出现正面'，但也有连续 2 次都出现正面的情形。"

蒂蒂："啊，对哦。2 次中会出现 1 次，是平均下来的情况吧。"

米尔迦："想要准确讨论这个问题，需要使用相对次数的概念。在 '抛掷硬币 n 次' 的试验中，假设随机变量 X 为 '正面出现次数'。此时，定义表示 '相对次数' 的另一随机变量 Y 为："

$$Y = \frac{X}{n}$$

我："Y 是 n 次中'正面出现的比例'。"

蒂蒂："嗯……然后呢？"

米尔迦："接下来就讨论这道题吧。"

问题 1（相对次数）

抛掷正面出现概率为 p 的硬币 n 次。

假设随机变量 X 为抛掷 n 次的正面出现次数，定义表示相对次数的随机变量 Y 为：

$$Y = \frac{X}{n}$$

试求 Y 的平均数 $E[Y]$ 与方差 $V[Y]$。

其中，$E[X]=np$、$V[X]=np(1-p)$。

蒂蒂："$V[X]$ 中的'V'是什么？"

米尔迦："$V[X]$ 中的'V'是'方差'（variance）的首字母。"蒂蒂马上写进笔记本。

米尔迦："随机变量 Y 表示正面出现的相对次数。比如 $n=100$，对于'抛掷 100 次出现 3 次正面'的事件，可说 $X=3$ 及 $Y=\frac{3}{100}$。"

我："利用'期望值的线性性质'，马上就能求出 $E[Y]$。"

$$E[Y] = E\left[\frac{X}{n}\right] \quad \text{由 } Y = \frac{X}{n}$$

$$= \frac{E[X]}{n} \quad \text{根据期望值的线性性质，将常数 } \frac{1}{n} \text{ 提到外面}$$

$$= \frac{np}{n} \quad \text{由 } E[X] = np$$

$$= p$$

我："所以，$E[Y] = p$……这可用直觉来理解。因为是执行'抛掷正面出现概率为 p 的硬币 n 次'的试验，'正面出现的比例'平均下来当然会等于概率 p。"

米尔迦："标准差会更有趣哦。"

我："标准差……要先求方差，已经知道 $V[Y] = V\left[\dfrac{x}{n}\right]$。"

蒂蒂："由方差的定义来看，要计算总和（$\sum$）……"

我："没错。"

米尔迦："是这样吗?"

我："……咦?"

米尔迦："方差也是一种期望值哦。"

我："对哦……方差是'偏差平方'的期望值!"

蒂蒂："咦?"

我："只要将方差的定义看成期望值，就能用期望值的线性性质，省去麻烦的计算!"

$$V[Y] = E[(Y - E[Y])^2] \qquad \text{方差的定义}$$

$$= E\left[\left(\frac{X}{n} - E\left[\frac{X}{n}\right]\right)^2\right] \quad \text{由 } Y = \frac{X}{n}$$

$$= E\left[\left(\frac{X}{n} - \frac{E[X]}{n}\right)^2\right] \quad \text{期望值的线性性质}$$

$$= E\left[\frac{(X - E[X])^2}{n^2}\right] \quad \text{以 } n^2 \text{ 来整理}$$

$$= \frac{E[(X - E[X])^2]}{n^2} \qquad \text{期望值的线性性质}$$

$$= \frac{V[X]}{n^2} \qquad \text{方差的定义}$$

我："所以，答案会是这样！"

解答 1（相对次数）

抛掷正面出现概率为 p 的硬币 n 次。

假设随机变量 X 为抛掷 n 次的正面出现次数，定义新的随机变量 Y 为：

$$Y = \frac{X}{n}$$

此时，Y 的平均数 $E[Y]$ 与方差 $V[Y]$ 如下：

$$\begin{cases} E[Y] = \dfrac{E[X]}{n} = \dfrac{np}{n} = p \\ V[Y] = \dfrac{V[X]}{n^2} = \dfrac{np(1-p)}{n^2} = \dfrac{p(1-p)}{n} \end{cases}$$

我："期望值的线性值真厉害！这样就能以相对次数的期望值 p，

推得方差 $\dfrac{p(1-p)}{n}$，开根号后得标准差 $\sqrt{\dfrac{p(1-p)}{n}}$。嗯，太

棒了。"

蒂蒂："可是……这又代表什么?"

我："蒂蒂还是不懂?"

蒂蒂："不是，我懂相对次数的标准差为 $\sqrt{\dfrac{p(1-p)}{n}}$ ……但为什么

米尔迦学姐会说这道题有趣?"

米尔迦："嗯……我们再看一次式子吧。"

$$\begin{cases} E[Y] = p \\ V[Y] = \dfrac{p(1-p)}{n} \\ \sqrt{V[Y]} = \sqrt{\dfrac{p(1-p)}{n}} \end{cases}$$

米尔迦："因为 $E[Y] = p$，所以相对次数的期望值会是 p。这感觉

像是直接由'概率为 p'推得'相对次数的期望值为 p'后，

再经过计算确认。"

我："是啊。"

米尔迦："相对次数的标准差是 $\sqrt{\dfrac{p(1-p)}{n}}$。这里要看分母的 n，

如果 n 非常大会如何呢?"

蒂蒂："标准差会变得非常小……"

米尔迦："标准差会趋近 0。"

我："原来如此！因为标准差是 $\sqrt{\dfrac{p(1-p)}{n}}$，分母越大，标准差越趋近 0……只要 n 足够大，标准差甚至可以无限趋近 0 ！"

米尔迦："没错。标准差越趋近 0，Y 的值越容易聚集在期望值 $E[Y]$ 附近。随机变量 Y 是相对次数，也就是抛掷 n 次正面出现的比例。n 越大，大部分的相对次数就越容易聚集到期望值 p 附近。这就是切比雪夫不等式的意义。"

我："这该不会是非常基本的概念吧？"

米尔迦："没错。这称为弱大数定律（weak law of large numbers）。这个定律能重新确认我们对'概率为 p'的直觉猜测。"

我："嗯……"

我稍微深思这个结论。

我："米尔迦，这个主张若不经过深入了解，容易产生误解吧？这是比'抛掷正面出现概率为 p 的硬币 n 次，平均下来正面出现的比例为 p'更强有力的主张。"

米尔迦："当然。"

蒂蒂："等一下。这是什么意思？能再说一次吗？"

我："蒂蒂，'抛掷正面出现概率为 p 的硬币 n 次，平均下来正面出现的比例为 p'，是从期望值 $E[Y] = p$ 得到的结论。"

蒂蒂："嗯……是这样没错。"

我："但是，我们前面是在求相对次数的标准差。这就像以数学的方式证明更强有力的主张：'抛掷正面出现概率为 p 的硬币 n

次，平均下来正面出现的比例为 p，如果 n 足够大，则正面出现的比例会集中在 p 的附近'。"

蒂蒂："……"

我："因为'平均下来正面出现的比例为 p'的说法，不就相当于出现大量的正反面，平均下来正面出现的比例会是 p 吗？但是，如果 n 足够大，就能无限减小这样的可能性，因为标准差 $\sqrt{\dfrac{p(1-p)}{n}}$ 的分母是 n。"

米尔迦："这也是标准差强大的地方，真的很有趣。"

蒂蒂："啊，我再稍微仔细想一下……"

5.8　重要的 S

米尔迦："大多数人都知道平均数，却少有人理解标准差。平均数、方差、标准差、假设检验等，这些量的计算都可交由计算机代劳，但如果没有理解执行计算的前提条件、演算结果，那就失去它的意义了。"

我："说的也是。"

蒂蒂："标准差也是'重要的 S'嘛。"

我："重要的 S，什么意思？"

蒂蒂："计算总和的希腊字母 $\sum$ 相当于大写的"S"；计算积分的符号 $\int$ 像是拉长的"S"。"

米尔迦："是吗?"

蒂蒂："然后，标准差的希腊字母 σ 相当于小写的 "s"。数学上有很多 S 活跃着!"

米尔迦："也是，的确是这样。"

- 表示总和的 $\sum$
- 表示积分的 $\int$
- 表示标准差的 σ

蒂蒂："我想要多跟标准差 σ 交'朋友'!"

瑞谷老师："放学时间到了。"

图书管理员瑞谷老师的提醒，结束了我们的数学对话。

标准差这样一个概念的背后，

到底隐藏多少秘密呢?

光由 σ 这样一个符号，

到底能够谱出多么浩瀚的世界呢?

我们的兴趣永无止境。

"正反面必定交替出现的硬币，能说是公正的吗?"

第 5 章的问题

● 问题 5-1（计算期望值）

在抛掷公正骰子 10 次的试验中，假设随机变量 X 为出现的

点数和，试求 X 的期望值 $E[X]$。

（答案在第 247 页）

●问题 5-2（二项分布）

下图为抛掷公正硬币 10 次时正面出现次数的概率分布，亦即二项分布 $B\left(10, \dfrac{1}{2}\right)$ 的图形：

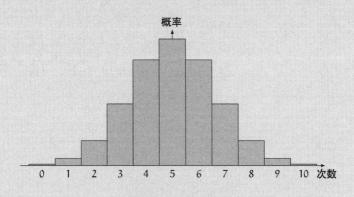

抛掷公正硬币 10 次
正面出现次数的概率分布

二项分布 $B\left(10, \dfrac{1}{2}\right)$

试作抛掷公正硬币 5 次时正面出现次数的概率分布，亦即二项分布 $B\left(5, \dfrac{1}{2}\right)$ 的图形。

（答案在第 248 页）

●问题 5-3（错误率（显著性水平））

在第 5 章，对于蒂蒂询问的错误率（显著性水平），米尔迦回应："这是假设发生错误的概率"（第 183 页）。试问若错误率越高，什么错误发生的可能性越大？

（答案在第 250 页）

●问题 5-4（假设检验）

根据第 182 页的假设检验，某人提出零假设"硬币是公正的"，抛掷硬币 10 次的结果为：

正反正正反反反正正正

于是，他提出下述主张：

> **主张**
>
> 在抛掷硬币 10 次正反面出现概率皆相同的 1024 种情形中，"正反正正反反反正正正"仅有 1 种。所以，该情形的出现概率为 $\dfrac{1}{1024}$。因此，在错误率 1% 下，拒绝零假设"硬币是公正的"。

试问该主张正确吗？

（答案在第 251 页）

附录：二项分布的期望值、方差、标准差

二项分布的期望值

抛掷正面出现概率为 p、反面出现概率为 q 的某硬币 $(p+q=1)$，每次的抛掷为独立事件，假设随机变量 X 为抛掷硬币 n 次的正面出现次数，X 呈现二项分布 $B(n, p)$。随机变量 X 的期望值 $E[X]$ 为：

$$E[X] = \sum_{k=0}^{n} k \cdot \Pr(X = k)$$

明确写出概率 $\Pr(X = k)$：

$$E[X] = \sum_{k=0}^{n} k \cdot \underbrace{\binom{n}{k} p^k q^{n-k}}_{\Pr(X=k)}$$

右式近似二项式定理，以二项式定理表示 $E[X]$。由二项式定理，可知下述 x 与 y 的恒等式成立：

$$\sum_{k=0}^{n} \binom{n}{k} x^k y^{n-k} = (x + y)^n$$

为了得到近似期望值的式子，二项式定理的两边同对 x 微分，得到 x 与 y 的恒等式（见下页）。

$$\sum_{k=0}^{n}\binom{n}{k}k \cdot x^{k-1}y^{n-k} = n(x+y)^{n-1}$$

两边同乘 x：

$$\sum_{k=0}^{n}k \cdot \binom{n}{k}x^{k}y^{n-k} = nx(x+y)^{n-1}$$

因为这是 x 与 y 的恒等式，所以将 p 代入 x、q 代入 y 式子同样成立：

$$\sum_{k=0}^{n}k \cdot \binom{n}{k}p^{k}q^{n-k} = np(p+q)^{n-1}$$

代入 $p+q=1$，得：

$$\sum_{k=0}^{n}k \cdot \binom{n}{k}p^{k}q^{n-k} = np \cdots\cdots \diamondsuit$$

由此推得 $E[X]$：

$$
\begin{aligned}
E[X] &= \sum_{k=0}^{n}k \cdot \Pr(X=k) &&\text{由期望值的定义}\\
&= \sum_{k=0}^{n}k \cdot \binom{n}{k}p^{k}q^{n-k}\\
&= np &&\text{由}\diamondsuit
\end{aligned}
$$

也就是：

$$E[X] = np$$

二项分布的方差与标准差

如同前面的做法，二项式定理的两边同对 x 微分再乘以 x：

$$\sum_{k=0}^{n} k \cdot \binom{n}{k} x^k y^{n-k} = nx(x+y)^{n-1}$$

两边再对 x 微分一次：

$$\sum_{k=0}^{n} k^2 \cdot \binom{n}{k} x^{k-1} y^{n-k} = n(x+y)^{n-1} + n(n-1)x(x+y)^{n-2}$$

两边同乘 x：

$$\sum_{k=0}^{n} k \cdot \binom{n}{k} x^k y^{n-k} = nx(x+y)^{n-1} + n(n-1)x^2(x+y)^{n-2}$$

将 p 代入 x、q 代入 y：

$$\sum_{k=0}^{n} k^2 \cdot \binom{n}{k} p^k q^{n-k} = np(p+q)^{n-1} + n(n-1)p^2(p+q)^{n-2}$$

代入 $p+q=1$：

$$\sum_{k=0}^{n} k^2 \cdot \underbrace{\binom{n}{k} p^k q^{n-k}}_{\Pr(X=k)} = np + n(n-1)p^2$$

左式为 k^2 乘上概率 $\Pr(X=k)$ 的总和，等于 X^2 的期望值。因此，下式成立：

$$E[X^2] = np + n(n-1)p^2 \cdots\cdots\cdots\cdots \clubsuit$$

这里套用"方差"="平方的期望值"–"期望值的平方"求 $V[X]$，也就是：

$$V[X] = E[X^2] - E[X]^2 \cdots\cdots \heartsuit$$

$$
\begin{aligned}
V[X] &= E[X^2] - E[X]^2 & \text{由}\heartsuit \\
&= E[X^2] - (np)^2 & \text{由 } E[X] = np \\
&= np + n(n-1)p^2 - (np)^2 & \text{由}\clubsuit \\
&= np + n(n-1)p^2 - n^2 p^2 & \text{拿掉括号} \\
&= np - np^2 & \text{展开整理} \\
&= np(1-p) & \text{提出 } np
\end{aligned}
$$

因此，标准差 σ 为：

$$
\begin{aligned}
\sigma &= \sqrt{V[X]} \\
&= \sqrt{np(1-p)}
\end{aligned}
$$

以上为二项式分布 $B(n, p)$ 的期望值、方差，进而求得标准差：

$$
\begin{cases}
\text{期望值} = np \\
\text{方差} = np(1-p) \\
\text{标准差} = \sqrt{np(1-p)}
\end{cases}
$$

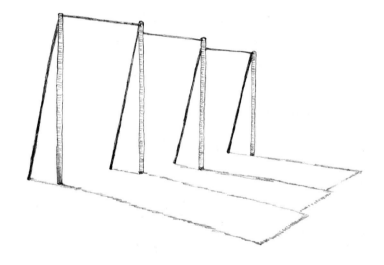

尾声

　　某日，某时，在数学数据室。

少女："哇！有好多数据啊！"

老师："是啊。"

少女："老师，这是什么？"

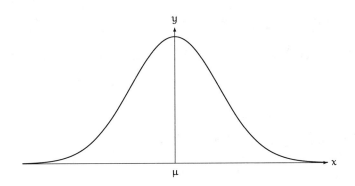

老师："这是正态分布的概率密度函数图。将概率密度函数在
　　　$a \leqslant x \leqslant b$ 区间积分后，可得到概率 $\Pr(a \leqslant x \leqslant b)$，下面图灰色
　　　区域面积即为概率。"

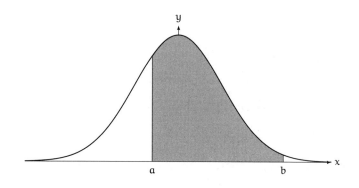

概率 Pr($a \leq x \leq b$)

少女："正态分布的概率密度函数……"

老师："正态分布 $N(\mu, \sigma^2)$ 的概率密度函数，可以具体写成这样的数学式哦。"

> **正态分布 $N(\mu, \sigma^2)$ 的概率密度函数**
>
> $$\frac{1}{\sqrt{2\pi}\sigma} \exp\left(-\frac{(x-\mu)^2}{2\sigma^2}\right)$$

少女："exp？"

老师："exp($\heartsuit$) 是指 $e^\heartsuit$。"

少女："真是复杂的数学式！"

老师："平均数 μ 在哪里呢？"

少女："老师，平均数在这里！"

平均数 μ

$$\frac{1}{\sqrt{2\pi}\sigma}\exp\left(-\frac{(x-\mu)^2}{2\sigma^2}\right)$$

老师: 从这个数学式可以看出,这是以 $x=\mu$ 为对称轴的左右对称图形。"

少女: "因为 x 只出现在 $(x-\mu)^2$ 里面吗?"

老师: "是啊。"

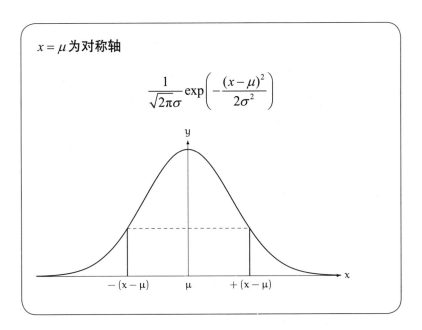

老师: "仔细观察数学式,由 $x\to\infty$ 和 $x\to-\infty$ 可知 x 轴为渐近线。"

少女："因为'指数部分'趋于 $-\infty$ 吗？"

老师："是啊。"

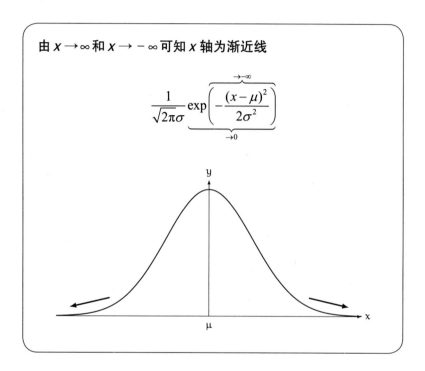

少女："标准差在这里和这里。"

标准差 σ

$$\frac{1}{\sqrt{2\pi}\sigma}\exp\left(-\frac{(x-\mu)^2}{2\sigma^2}\right)$$

老师："是啊。"

少女："如果平均数 μ 是 0、标准差 σ 是 1，就能简化数学式了。"

老师："没错。正态分布 $N(0, 1^2)$ 是标准正态分布。"

标准正态分布 $N(0, 1^2)$ 的概率密度函数

$$\frac{1}{\sqrt{2\pi}} \exp\left(-\frac{x^2}{2} \right)$$

少女："系数的 $\sqrt{2\pi}$ 不能消掉吗？"

老师："这是从 $-\infty$ 到 ∞ 积分成 1 的系数，所以消不掉哦。可能发生的事件概率之和是 1。"

$$\int_{-\infty}^{\infty} \frac{1}{\sqrt{2\pi}} \exp\left(-\frac{x^2}{2} \right) \mathrm{d}x = 1$$

老师："从图形上可知，微分相当于在 $x = \mu$ 处找极大值。图中该点刚好也是最大值。我们可以用微分'捕捉变化'哦。"

少女："老师，如果做二阶微分呢？"

老师："嗯？"

少女："在 $\mu \pm \sigma$ 的变化会像是'上凸'和'下凸'。"

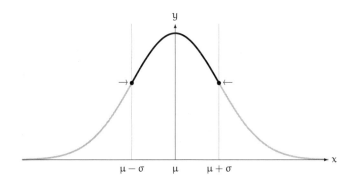

老师："啊，真的呢。$x = \mu \pm \sigma$ 是反曲点。"

少女："二阶微分能'捕捉变化的变化'！"

　　少女说完，呵呵地笑了。

解　答

ANSWERS

第 1 章的解答

●问题 1-1（阅读直方图）

某人欲比较产品 A 与产品 B 的性能，绘制了下面的直方图。

产品 A 与产品 B 的性能比较

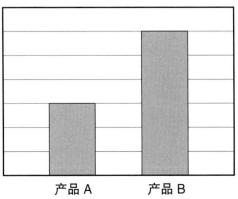

由此直方图，可以说"产品 B 的性能优于产品 A"吗?

■解答 1-1

因为直方图的纵轴没有任何标示、刻度，所以不能说直方条较长的产品 B 性能比较优异。

补充

下面将举例说明为何直方条越长，不代表性能越优异。

比较两种计算机程序（产品 A 和产品 B）的处理速度。

直方图①为测定某运算的处理时间，产品 A 须花费 15 秒处理该运算；产品 B 须花费 30 秒处理该运算。在这个例子，产品 B 的直方条比较长，但这表示处理相同运算花费时间较长，而不是"性能优异"。

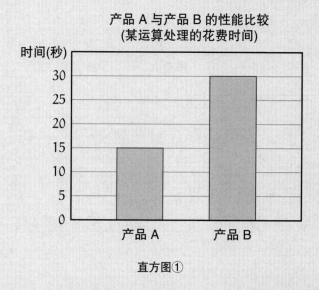

产品 A 与产品 B 的性能比较
(某运算处理的花费时间)

直方图①

下页的直方图②为测定在限制时间内能执行多少个运算问题，产品 A 能执行 1500 个问题；产品 B 能够执行 3000 个问题。在这个例子，在相同时间内产品 B 能够执行较多的运算问题，所以可以说"性能优异"。

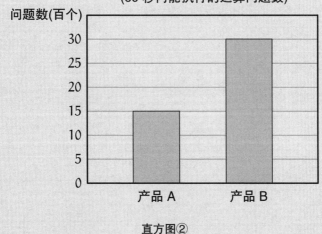

产品 A 与产品 B 的性能比较
(60 秒内能执行的运算问题数)

直方图②

直方图①和直方图②除了纵轴轴与刻度之外，形状皆相同，但意义却截然不同。因此，若未确认纵横轴与刻度，便无法解释图表。

另外，在直方图中，"代表的数值"与"直方条长度"成正比，需要注意下述几点：

①直方条的刻度从 0 开始。

②直方条的中间不可省略。

●问题 1-2（解读折线图）

下图为某年 4 月至 6 月期间，餐厅 A 与餐厅 B 单月来客数的折线图。

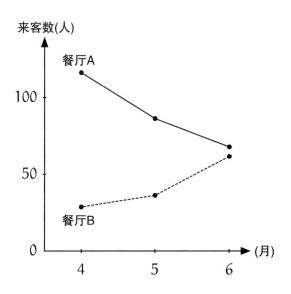

①由此折线图，可以说"餐厅 A 比餐厅 B 利润更高"吗？

②由此折线图，可以说"餐厅 B 在该期间的单月来客数增加了"吗？

③由此折线图，可以说"餐厅 B 的 7 月来客数将多于餐厅 A"吗？

■解答 1-2

①不可以。此折线图表示的是"来客数"，而不是"利润金额"。餐厅 A 的折线在餐厅 B 之上，可说"餐厅 A 来客数比较多"，但不表示"餐厅 A 利润更高"。当然，这也不能表示"餐厅 B 利润更高"。我们可以推测"来客人数比较多，利润金额可能比较高"，但真正的情况无法单就这张图来判断。

②可以。在该期间，餐厅 B 的折线往右上攀升，表示单月来客数不断增加。

③不可以。此折线图表示的是"某年 4 月至 6 月期间的单月来客数"。若餐厅 A 与餐厅 B 的来客数沿着该趋势变化，可推测"餐厅 B 的 7 月来客数将多于餐厅 A"，但并非实际情况。

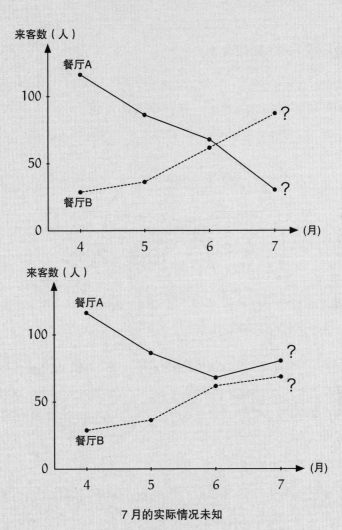

7 月的实际情况未知

●问题 1-3（识破诡计）

某人以下面"消费者年龄层"的圆饼图，主张"该商品的热销年龄层为 10 岁 ~20 岁"。请对此提出反论。

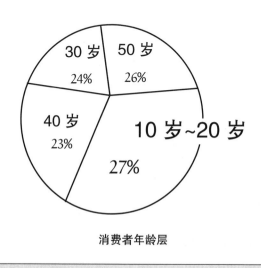

消费者年龄层

■解答 1-3

下面为反论的要点：

- 因为只有"10 岁 ~20 岁"是数个年龄层加总，所以看起来比其他年龄层多。

- 因为只有"10 岁 ~20 岁"年龄层的文字较大，所以才看起来比其他年龄层多。

- 因为圆饼图的中心偏转，所以只有"10 岁 ~20 岁"年龄层看起来比较多。

- 未清楚标示单一消费者购买复数商品的可能性。"10 岁 ~ 20 岁"的消费者可能只购买单项商品,"40 岁"的消费者也可能购买多项商品。

- 虽然整体总和为 100%,但未包含 60 岁以上的消费者。

补充

读者或许会认为:"不会有人画出这样漏洞百出的圆饼图。"但这个圆饼图就是受电视广告实际播出的圆饼图启发所绘制的。

第 2 章的解答

● 问题 2-1（代表值）

10 人参加测验，满分 10 分，分数如下表所示。

测验编号	1	2	3	4	5	6	7	8	9	10
分数	5	7	5	4	3	10	6	6	5	7

试求分数的最大值、最小值、平均数、众数、中位数。

■ 解答 2-1

最大值为最大的分数，所以是 10。

最小值为最小的分数，所以是 3。

平均数为所有分数的总和除以人数：

$$\frac{5+7+5+4+3+10+6+6+5+7}{10} = \frac{58}{10} = 5.8$$

所以平均数是 5.8。

众数为人数最多的分数，所以是 5。

中位数为分数由小至大排序的正中间分数。因为人数为偶数（10 人），所以取中间 2 人的平均数作为中位数。

测验编号	5	4	1	3	9	7	8	2	10	6
分数	3	4	5	5	5	6	6	7	7	10

分数由小至大排序的表格

中间 2 人的平均数是 $\frac{5+6}{2} = 5.5$，所以中位数是 5.5。

答：最大值为 10、最小值为 3、平均数为 5.8、

众数为 5、中位数为 5.5。

●问题 2-2（代表值的结论）

试指正下述结论的偏误。

①测验的学年平均分数为 62 分，所以拿到 62 分的人最多。

②测验的学年最高分为 98 分，所以只有一人拿到 98 分。

③测验的学年平均分数为 62 分，所以成绩高于 62 分和低于 62 分的人数相同。

④告知学生："这次期末考，所有学生的分数都必需高于学年平均分数。"

■解答 2-2

①虽说平均分数为 62 分，拿到 62 分的人未必最多。只有当众数为 62，才能说拿到 62 分的人最多。

②学年最高分为 98 分，未必只有 1 人拿到该分数。拿到 98 分同分的人或许有 2 人以上，应该说拿到 98 分的人至少有 1 人。

③虽说平均分数为 62 分，成绩高于和低于 62 分的人数未必相同。若中位数为 62，两边的人数就有可能相同 ①。

④所有学生的分数不可能都高于学年平均分数。例如学生共有 n 人，得分为 $x_1, x_2, \cdots, x_n$，学年平均分数为 m，则下式成立：

$$\frac{x_1 + \cdots + x_n}{n} = m \quad (\heartsuit)$$

若所有学生的分数都高于学年平均分数，则 $k = 1, \cdots, n$ 皆满足：

$$x_k > m$$

推得：

$$x_1 + \cdots + x_n > \underbrace{m + \cdots + m}_{n\text{个}} = nm$$

所以：

$$\frac{x_1 + \cdots + x_n}{n} > m$$

然而，这与 $(\heartsuit)$ 矛盾，因此所有学生的分数不可能都高过学年平均分数。

---

① 若有两人以上同样拿到中位数，则两边人数可能不同。

● 问题 2-3（数值的追加）

某次测验，100 位学生的平均分数是 m_0，算完后才发现漏掉了第 101 位学生的分数 x_{101}。为了避免全部从头算，将已知的平均分数 m_0 和第 101 位学生的分数 x_{101}，代入下式求新的平均分数：

$$m_1 = \frac{m_0 + x_{101}}{2}$$

试问此计算正确吗？

■ 解答 2-3

不正确。由此该式求得的 m_1，是分数 x_{101} 与其他学生的分数加权 100 倍所求得的平均数。正确的平均数 m 应为：

$$m = \frac{100m_0 + x_{101}}{101}$$

答：不正确。

第 3 章的解答

●问题 3-1（方差）

假设某数据有 n 个数值（$x_1, x_2, \cdots, x_n$），试述该数据在何种情况下方差为 0。

■解答 3-1

假设数据的平均数为 μ。由定义可知，方差为 0 可列为：

$$\frac{(x_1 - \mu)^2 + (x_2 - \mu)^2 + \cdots + (x_n - \mu)^2}{n} = 0$$

此式子仅成立于：

$$x_1 - \mu = 0$$
$$x_2 - \mu = 0$$
$$\vdots$$
$$x_n - \mu = 0$$

因此，方差为 0 是在：

$$x_1 = x_2 = \cdots = x_n = \mu$$

也就是所有数值相等的情况（而且所有数值都等于平均数）。

答： 当所有数值皆相等时，数据的方差为 0。

●问题 3-2（标准分数）

关于标准分数，试回答下述问题。

①当分数高于平均分数时，可说自己的标准分数大于 50 吗？

②标准分数可能超过 100 吗？

③由整体的平均分数与自己的分数，可计算自己的标准分数吗？

④两位学生的分数差 3 分，则标准分数也会差 3 分？

■解答 3-2

　　这边不能用直觉臆测，而要从标准分数的定义来思考，先确认标准分数的定义。假设分数为 x、平均分数为 μ、标准化分数为 y，则：

$$y = 50 + 10 \times \frac{x - \mu}{\sigma}$$

①当分数高于平均分数时，可说自己的标准分数大于 50 吗？

当分数高于平均分数时，$x > \mu$ 成立：

$$x - \mu > 0$$

由于有学生的分数高于平均分数，可知：

$$\sigma > 0$$

$$50 + 10 \times \underbrace{\frac{x - \mu}{\sigma}}_{>0} > 50$$

标准分数会大于 50。故当分数高于平均分数时，可说标准分数大于 50。

答：①当分数高于平均分数时，标准分数会大于 50。

解说

一般来说，标准差 $\sigma \geqslant 0$ 成立，$\sigma = 0$ 仅成立于数据中所有数值皆相等（参见解答 3-1）。因此，若有学生的分数高于平均分数，可说 $\sigma > 0$。

---

②标准分数可能超过 100 吗？

设想极端的情况：100 位应试者只有 1 人拿到 100 分，剩余 99 人皆拿到 0 分。此时，平均数 μ 与方差 V 的计算如下：

$$\begin{aligned}
\mu &= \frac{\overbrace{0 + 0 + \cdots + 0}^{99} + 100}{100} \\
&= \frac{100}{100} \\
&= 1
\end{aligned}$$

$$V = \frac{\overbrace{(0-\mu)^2 + (0-\mu)^2 + \cdots + (0-\mu)^2}^{99} + (100-\mu)^2}{100}$$

$$= \frac{(0-1)^2 + (0-1)^2 + \cdots + (0-1)^2 + (100-1)^2}{100}$$

$$= \frac{99 + 99^2}{100}$$

$$= 99$$

因此，标准差 σ 的大小为：

$$\sigma = \sqrt{V} = \sqrt{99} < \sqrt{100} = 10$$

推得：

$$\sigma < 10 \text{ 也就是 } \frac{1}{\sigma} > \frac{1}{10}$$

代入拿到 100 分的标准分数 y：

$$y = 50 + 10 \times \frac{100-\mu}{\sigma}$$

$$= 50 + 10 \times \frac{100-1}{\sigma} \qquad \text{由 } \mu = 1$$

$$> 50 + 10 \times \frac{99}{10} \qquad \text{由 } \frac{1}{\sigma} > \frac{1}{10}$$

$$= 149$$

也就是：

$$y > 149$$

可知标准分数可以高于 100。

答：②标准分数可高于 100。

解说

一般来说，标准分数高于 100，是在分数 x 高过平均分数 5σ，也就是 x 满足：

$$x - \mu > 5\sigma$$

此时，下式成立：

$$50 + 10 \times \underbrace{\frac{x - \mu}{\sigma}}_{>5} > 100$$

同理，当 x 满足 $x - \mu < -5\sigma$ 时，标准分数会低于 0，标准分数也可能为负数。

---

③由整体的平均分数与自己的分数，可计算自己的标准分数吗？

根据定义，自己的标准分数为：

$$50 + 10 \times \frac{x - \mu}{\sigma}$$

虽然知道整体的平均分数 μ 与自己的分数 x，但不知道整体的标准差 σ，所以没办法计算自己的标准分数。

答：③仅知道整体的平均分数与自己的分数，

无法计算自己的标准分数。

④两位学生的分数差 3 分，则标准分数也会差 3 分？

假设两人的分数分别为 x 与 $x+3$，利用标准分数的定义计算其差值：

$$\left(50+10\times\frac{(x+3)-\mu}{\sigma}\right)-\left(50+10\times\frac{x-\mu}{\sigma}\right)$$
$$=10\times\left(\frac{(x+3)-\mu}{\sigma}-\frac{x-\mu}{\sigma}\right)$$
$$=10\times\frac{3}{\sigma}$$

所以，两位学生的分数差 3 分时，标准分数未必差 3 分，仅在标准差 $\sigma=10$ 时，其差值为 3 分。

答：④虽然分数差 3 分，但标准分数未必差 3 分。

● 问题 3-3（意外程度）

前面提到，即便平均数相同，方差的不同也会影响 100 分的"厉害程度"。在下面的测验结果 A 与 B 中，10 人应考成绩的平均分数皆为 50 分。试求 100 分在测验结果 A 与 B 中的标准分数。

测验结果 A

应试者编号	1	2	3	4	5	6	7	8	9	10
分数	0	0	0	0	0	100	100	100	100	100

测验结果 B

应试者编号	1	2	3	4	5	6	7	8	9	10
分数	0	30	35	50	50	50	50	65	70	100

■ 解答 3-3

由表格可知，测验结果 A 的方差看起来比较大，虽然同为 100 分，但可推测测验结果 A 的标准分数比较低。然而，实际求取标准分数时，需要遵循定义计算：

测验结果 A

假设平均数为 μ_A、方差为 V_A、标准差为 σ_A：

$$\mu_A = \frac{0+0+0+0+0+100+100+100+100+100}{10}$$
$$= 50$$

$$V_A = \frac{\overbrace{(0-\mu_A)^2+\cdots+(0-\mu_A)^2}^{5}+\overbrace{(100-\mu_A)^2+\cdots+(100-\mu_A)^2}^{5}}{10}$$

$$= \frac{\overbrace{(0-50)^2+\cdots+(0-50)^2}^{5}+\overbrace{(100-50)^2+\cdots+(100-50)^2}^{5}}{10}$$

$$= 2500$$

$$\sigma_A = \sqrt{V_A}$$
$$= \sqrt{2500}$$
$$= 50$$

代入上述各值，计算 100 分的标准分数：

$$50+10\times\frac{100-\mu_A}{\sigma_A} = 50+10\times\frac{100-50}{50}$$
$$= 60$$

因此，100 分在测验结果 A 的标准分数为 60。

测验结果 B

假设平均数为 μ_B、方差为 V_B、标准差为 σ_B：

$$\mu_B = \frac{0+30+35+50+50+50+50+65+70+100}{10}$$
$$= 50$$

$$V_B = \frac{1}{10}(0-\mu_B)^2 + (30-\mu_B)^2 + (35-\mu_B)^2 + (50-\mu_B)^2 + (50-\mu_B)^2$$
$$+ (50-\mu_B)^2 + (50-\mu_B)^2 + (65-\mu_B)^2 + (70-\mu_B)^2 + (100-\mu_B)^2$$
$$= \frac{1}{10}(0-50)^2 + (30-50)^2 + (35-50)^2 + (50-50)^2 + (50-50)^2$$
$$+ (50-50)^2 + (50-50)^2 + (65-50)^2 + (70-50)^2 + (100-50)^2$$
$$= 625$$

$$\sigma_B = \sqrt{V_B}$$
$$= \sqrt{625}$$
$$= 25$$

代入上述各值，计算 100 分的标准分数：

$$50 + 10 \times \frac{100-\mu_B}{\sigma_B} = 50 + 10 \times \frac{100-50}{50}$$
$$= 70$$

因此，100 分在测验结果 B 的标准分数为 70。

答：100 分在测验结果 A 的标准分数为 60；100 分在测验结果 B 的标准分数为 70。

●问题 3-4（正态分布与"34、14、2"）

前文提到，正态分布图以标准差 σ 划分后，会大致呈现 34%、14%、2% 的比例。

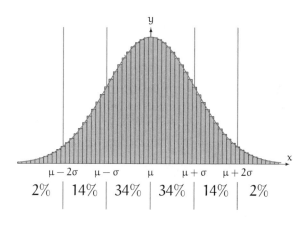

$$2\% \mid 14\% \mid 34\% \mid 34\% \mid 14\% \mid 2\%$$

正态分布

假设数据的分布近似正态分布，试求满足下列各不等式的数值 x，其个数约占整体的比例。其中，平均数为 μ、标准差为 σ：

① $\mu - \sigma < x < \mu + \sigma$

② $\mu - 2\sigma < x < \mu + 2\sigma$

③ $x < \mu + \sigma$

④ $\mu + 2\sigma < x$

■解答 3-4

上述不等式都可用 34%、14%、2% 来计算。

① 由 34+34=68，可知 $\mu-\sigma < x < \mu+\sigma$ 约占 68%。

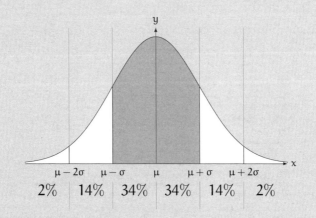

2%	14%	34%	34%	14%	2%

② 由 14+34+34+14=96，可知 $\mu-2\sigma < x < \mu+2\sigma$ 约占 96%。

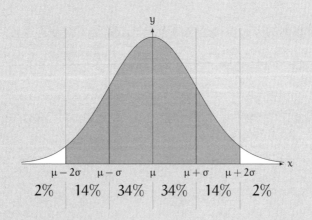

2%	14%	34%	34%	14%	2%

③ 由 2+14+34+35=50+34=84，可知 $x < \mu+\sigma$ 约占 84%。

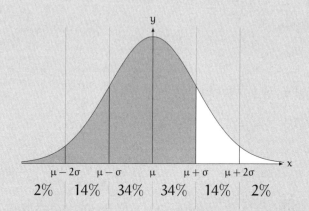

④ $\mu+2\sigma<x$ 约占 2%。

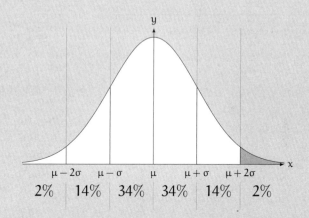

答: ①约 68%。②约 96%。③约 84%。④约 2%。

第 4 章的解答

> ### ●问题 4-1（计算期望值与标准差）
>
> 抛掷骰子 1 次会出现 6 种点数：
>
> $$\overset{1}{\boxdot},\ \overset{2}{\boxdot},\ \overset{3}{\boxdot},\ \overset{4}{\boxdot},\ \overset{5}{\boxdot},\ \overset{6}{\boxdot}$$
>
> 试求抛掷骰子 1 次出现点数的期望值与标准差。假设所有点数的出现概率皆为 $\dfrac{1}{6}$。

■解答 4-1

欲求的期望值为"骰子的点数"乘上"点数出现的概率"的总和：

$$
\begin{aligned}
\text{期望值} &= 1 \cdot \frac{1}{6} + 2 \cdot \frac{1}{6} + 3 \cdot \frac{1}{6} + 4 \cdot \frac{1}{6} + 5 \cdot \frac{1}{6} + 6 \cdot \frac{1}{6} \\
&= \frac{1+2+3+4+5+6}{6} \\
&= \frac{21}{6} \\
&= 3.5
\end{aligned}
$$

欲求的标准差等于 $\sqrt{\text{方差}}$，所以先求方差。方差的计算可用下页的式子：

"方差" = "平方的期望值" - "期望值的平方"

$$方差 = \left(1^2 \times \frac{1}{6} + 2^2 \times \frac{1}{6} + 3^2 \times \frac{1}{6} + 4^2 \times \frac{1}{6} + 5^2 \times \frac{1}{6} + 6^2 \times \frac{1}{6}\right) - \left(\frac{21}{6}\right)^2$$

$$= \frac{1^2 + 2^2 + 3^2 + 4^2 + 5^2 + 6^2}{6} + \left(\frac{21}{6}\right)^2$$

$$= \frac{91}{6} - \frac{441}{36}$$

$$= \frac{105}{36}$$

$$= \frac{35}{12}$$

$$标准差 = \sqrt{\frac{35}{12}}$$

答：期望值为 3.5、标准差为 $\sqrt{\dfrac{35}{12}}$。

●问题 4-2（骰子游戏）

根据以下掷骰子得分的单人游戏，游戏①与游戏②玩 1 轮下来，试求各游戏的得分期望值。

游戏①

抛掷骰子 2 次，得分为掷出点数的乘积。

（掷出 $\overset{3}{\boxdot}$ 和 $\overset{5}{\boxdot}$，得分为 $3 \times 5 = 15$）

游戏②

抛掷骰子 1 次，得分为掷出点数的平方。

（掷出 $\overset{4}{\boxdot}$，得分为 $4^2 = 16$）

■解答 4-2

假设游戏①的期望值为 E_1、游戏②的期望值为 E_2。

游戏①

假设掷两次骰子出现的点数分别为 k、j，则得分为 kj，点数出现 k、j 的概率为 $\frac{1}{6 \cdot 6}$。k、j 分别代入 1 至 6，$\frac{kj}{6 \cdot 6}$ 的总和即为期望值 E_1：

$$E_1 = \sum_{k=1}^{6} \sum_{j=1}^{6} \frac{kj}{6 \times 6}$$

$$= \frac{1}{36}(1 \times 1 + 1 \times 2 + \cdots + 1 \times 6 + 2 \times 1 + 2 \times 2 + \cdots + 2 \times 6$$

$$+ 3 \times 1 + 3 \times 2 + \cdots + 3 \times 6 + 4 \times 1 + 4 \times 2 + \cdots + 4 \times 6$$

$$+ 5 \times 1 + 5 \times 2 + \cdots + 5 \times 6 + 6 \times 1 + 6 \times 2 + \cdots + 6 \times 6)$$

$$= \frac{441}{36}$$

$$= \frac{49}{4}$$

游戏②

假设掷一次骰子出现的点数为 k，则得分为 k^2，点数出现 k 的概率为 $\frac{1}{6}$。k 分别代入 1 至 6，$\frac{k^2}{6}$ 的总和即为期望值 E_2：

$$E_2 = \sum_{k=1}^{6} \frac{k^2}{6}$$

$$= \frac{1}{6}(1^2 + 2^2 + 3^2 + 4^2 + 5^2 + 6^2)$$

$$= \frac{91}{6}$$

答：游戏①的期望值为 $\frac{49}{4}$、游戏②的期望值为 $\frac{91}{6}$。

补充

游戏①与游戏②的期望值，分别为下表所列数值的平均数：

	1	2	3	4	5	6
1	1	2	3	4	5	6
2	2	4	6	8	10	12
3	3	6	9	12	15	18
4	4	8	12	16	20	24
5	5	10	15	20	25	30
6	6	12	18	24	30	36

游戏①的得分（出现点数的积）

1	2	3	4	5	6
1	4	9	16	25	36

游戏②的得分（出现点数的平方）

第 5 章的解答

●问题 5-1（计算期望值）

在抛掷公正骰子 10 次的试验中，假设随机变量 X 为出现的点数和，试求 X 的期望值 $E[X]$。

■解答 5-1

假设随机变量 X_k 为第 k 次出现的点数，由问题 4-1 的结果（第 242 页），可知：

$$E[X_1] = E[X_2] = \cdots = E[X_{10}] = 3.5$$

又下式成立：

$$X = X_1 + X_2 + \cdots + X_{10}$$

利用期望值的线性性质，求 $E[X]$：

$$
\begin{aligned}
E[X] &= E[X_1 + X_2 + \cdots + X_{10}] \\
&= E[X_1] + E[X_2] + \cdots + E[X_{10}] \\
&= 10 \times 3.5 \\
&= 35
\end{aligned}
$$

答：期望值为 35。

●问题 5-2（二项分布）

下图为抛掷公正硬币 10 次时正面出现次数的概率分布，亦即二项分布 $B\left(10, \dfrac{1}{2}\right)$ 的图形：

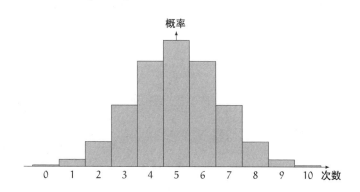

抛掷公正硬币 10 次
正面出现次数的概率分布

二项分布 $B\left(10, \dfrac{1}{2}\right)$

试作抛掷公正硬币 5 次时正面出现次数的概率分布，亦即二项分布 $B\left(5, \dfrac{1}{2}\right)$ 的图形。

■解答 5-2

抛掷公正硬币 5 次正面出现次数的概率分布，其表格如下：

k	0	1	2	3	4	5
$\dfrac{\dbinom{5}{k}}{2^5}$	$\dfrac{1}{32}$	$\dfrac{5}{32}$	$\dfrac{10}{32}$	$\dfrac{10}{32}$	$\dfrac{5}{32}$	$\dfrac{1}{32}$

二项分布 $B\left(5, \dfrac{1}{2}\right)$

以此作图, 如下:

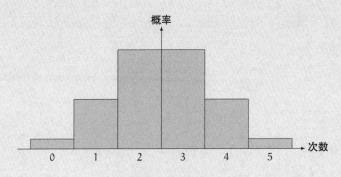

抛掷公正硬币 5 次
正面出现次数的随机分布

二项分布 $B\left(5, \dfrac{1}{2}\right)$

●问题 5-3（错误率（显著性水平））

在第 5 章，对于蒂蒂询问的错误率（显著性水平），米尔迦回应："这是假设发生错误的概率"（第 183 页）。试问若错误率越高，什么错误发生的可能性越大？

■解答 5-3

错误率越高，拒绝域越大，发生"零假设为真却遭到拒绝"的可能性越大。

答：零假设为真，却遭到拒绝的错误。

补充

错误率越高，发生"零假设为真却遭到拒绝"的可能性越大。相反地，错误率越低，发生"零假设为伪却未遭拒绝"的可能性越大。这两种错误分别称为"第一型错误"及"第二型错误"。

第一型错误：零假设为真，却遭到拒绝的错误。

第二型错误：零假设为伪，却未遭拒绝的错误。

●问题 5-4（假设检验）

根据第 182 页的假设检验，某人提出零假设"硬币是公正的"，抛掷硬币 10 次的结果为：

正反正正反反反正正正

于是，他提出下述主张：

主张

在抛掷硬币 10 次正反面出现概率皆相同的 1024 种情形中，"正反正正反反反正正正"仅有 1 种。所以，该情形的出现概率为 $\dfrac{1}{1024}$。因此，在错误率 1% 下，拒绝零假设"硬币是公正的"。

试问该主张正确吗？

■解答 5-4

该主张错误。

如同第 182 页提出零假设"硬币是公正的"，在错误率 1% 下进行假设检验。"反反反反反反反反反反"与"正反正正反反反正正正"的出现概率皆为 $\dfrac{1}{1024}$，但却会产生下述的不同：

- "反反反反反反反反反反"能够拒绝零假设。
- "正反正正反反反正正正"不能拒绝零假设。

产生此不同的理由，可由假说检验中的检验统计量来讨论。为了拒绝零假设，必须在零假设下发生"意外情况"，而"意外情况"是根据"正面出现次数"来判断。换言之，"正面出现次数"是假设检验步骤（第 178 页）的检验统计量。

这里以"正面出现次数"的检验统计量，表现在零假设下的"意外情况"。根据零假设，"正面出现次数"的概率分布会是二项分布 $B\left(10, \dfrac{1}{2}\right)$，此时偏离二项分布中央越远，可说发生"意外情况"。具体来说，"正面出现次数"越接近 0 或者 10，可说发生"意外情况"。偏离二项分布中央多少检验统计量，会发生足以拒绝假设的"意外情况"，取决于假设检验中的拒绝域。

"反反反反反反反反反反"的情况偏离二项分布的中央，"正面出现次数"的检验统计量落在拒绝域中，发生"意外情况"，能够拒绝零假设。

然而，"正反正正反反反正正正"的情况未落在拒绝域，未发生"意外情况"，所以不能拒绝零假设。

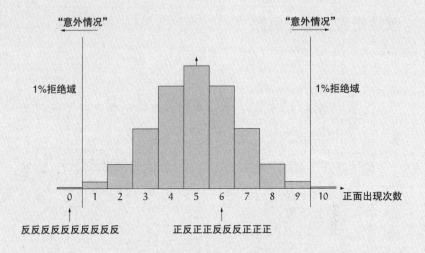

"正面出现次数"的随机分布

　　这边是假设每次的抛掷硬币皆为独立事件。本书中采用"双侧检验"，在分布的两侧取拒绝域。除此之外，还有在单侧取拒绝域的"单侧检验"。

献给想深入思考的你

除了本书的数学对话，我给想深入思考的你准备了研究问题。本书不会给出答案，而且答案可能不止一个。

请试着自己解题，或者找其他对这些问题感兴趣的人一起思考吧。

第 1 章 "骗人"的图表

●**研究问题 1-X1（寻找引起误解的图表）**

在第 1 章，"我"和由梨绘制许多图表，其中包括"引起误解的图表"。试着寻找自己身边有没有"引起误解的图表"，并叙述该图表会引起什么样的误解。

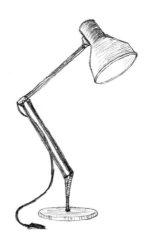

第 2 章 平均数的秘密

●研究问题 2-X1（算术平均与几何平均）

平均有许多种，在第 2 章提到，将数值相加再除以数值个数 n 的算术平均。除此之外，还有将数值相乘再开 n 次根号的几何平均。假设有两个数值（x_1 与 x_2），算术平均与几何平均如下：

$$\frac{x_1 + x_2}{2} \qquad \sqrt{x_1 x_2}$$

算术平均   **几何平均**

试比较当 $x_1 \geqslant 0$、$x_2 \geqslant 0$ 时，算术平均与几何平均的大小。

●研究问题 2-X2（平均数的可能值）

抛掷骰子 1 次会出现 6 种点数：

$$\overset{1}{\boxdot}, \overset{2}{\boxdot}, \overset{3}{\boxdot}, \overset{4}{\boxdot}, \overset{5}{\boxdot}, \overset{6}{\boxdot}$$

试问抛掷骰子 10 次，出现点数的平均数有几种可能值？

●研究问题 2-X3（平均数）

假设 n 为正整数。若 X 的 n 次方程式 $x_n = 1$ 的解为 $x = a_1$, $a_2, \cdots, a_n$，试求：

$$\frac{\alpha_1 + \alpha_2 + \cdots + \alpha_n}{n}$$

第 3 章 标准分数的惊奇感

●研究问题 3-X1（方差的一般化）

在第 3 章，提到方差是"偏差平方"的平均数（第 87 页）。
方差的定义如下式：

$$\frac{(x_1 - \mu)^2 + (x_2 - \mu)^2 + \cdots + (x_n - \mu)^2}{n}$$

将该定义一般化（m 为正整数）：

$$\frac{(x_1 - \mu)^m + (x_2 - \mu)^m + \cdots + (x_n - \mu)^m}{n}$$

此统计量表示了 $x_1, x_2, \cdots, x_n$ 的什么性质？试着以不同的 m 值来讨论。

●**研究问题 3-X2（方差的关系式）**

在第 3 章，提到方差与平均数的关系式（第 93 页）。

（a 和 b 的方差）＝（a^2 和 b^2 的平均数）－（a 和 b 的平均数）^{2}

试证一般化为 n 个数值后，会如下式：

$$\frac{1}{n}\sum_{k=1}^{n}(x_k-\mu)^2 = \frac{1}{n}\sum_{k=1}^{n}x_k^2 - \left(\frac{1}{n}\sum_{k=1}^{n}x_k\right)^2$$

其中，μ 是 $x_1, x_2, \cdots, x_n$ 的平均数。

●**研究问题 3-X3（寻找标准差）**

在第 3 章，米尔迦说道："应该在确认平均数和标准差两者之后，才能证明'厉害'"。试着寻找身边的统计数据（测验分数、各国人口、交通事故数等），除了统计"平均数"之外，有无统计"标准差"。

第 4 章 抛掷硬币 10 次

●研究问题 4-X1（第 10 次的判断）

某人抛掷硬币 9 次，结果为：

正反正正反反反反反

（正面 3 次、反面 6 次）。该人在抛掷第 10 次前，主张：

抛掷硬币第 10 次时：

- 正面出现 3 次的组合数为 $\binom{10}{3} = 120$

- 正面出现 4 次的组合数为 $\binom{10}{4} = 210$

所以，抛掷第 10 次正面出现的可能性比较高。

你同意吗？

第 5 章　抛掷硬币的真相

●研究问题 5−X1（概率不为 0 时）

在第 5 章，"概率不为 0，就有可能发生——的确是有其可能。"米尔迦说道。针对"概率不为 0，就有可能发生"的说法，你同意吗？试着思考下面的叙述：

- 抛掷硬币 1000 次时，全部出现正面的概率不为 0。

- 抛掷硬币 1 亿次时，全部出现正面的概率不为 0。

- 抛掷硬币 10^{25} 次时，全部出现正面的概率不为 0。

- 桌子下方充满空气，空气中的气体分子发生细微振动。由于其振动方向全部一致的概率不为 0，因此，桌子突然飞向空中的概率不为 0。

●研究问题 5-X2（范纽曼架构）

下述状况是即便硬币不均匀，仍可模拟"公正的硬币"的范纽曼架构（von Neumann architecture）[1]。

> 步骤 1：抛掷硬币 2 次。
>
> 步骤 2：出现"正正"或者"反反"，退回步骤 1。
>
> 步骤 3：出现"正反"，定义模拟结果为"正"。
>
> 步骤 4：出现"反正"，定义模拟结果为"反"。

假设抛掷硬币满足下述条件，请探讨此架构是否正确模拟"公正的硬币"。

• 硬币出现"正面"的概率一定为 p。

• $p \neq 0$ 且 $p \neq 1$。

• 每次的抛掷硬币皆为独立事件。

---

[1] John von Neumann, "Various Techniques Used in Connection with Random Digits." Applied Mathematics Series, vol. 12, U.S.National Bureau of Standards, 1951, pp.36-38. 利用计算机硬件产生随机数，以矫正 0 与 1 的生成概率偏误，此方法沿用至今。

后记

大家好，我是结城浩。

感谢各位阅读《数学女孩的秘密笔记：统计篇》。一听到统计，许多人可能会认为是基于数据的众多数值计算平均数。不仅仅是如此，统计学中包含许许多多秘密哦，让我们一起领会统计学的魅力吧。

本书由 cakes 网站所连载的"数学女孩的秘密笔记"第 121 回至 130 回重新编辑而成。如果你读完本书，想知道更多关于"数学女孩的秘密笔记"的内容，请一定要上这个网站。

"数学女孩的秘密笔记"系列，以平易近人的数学为题材，描述初中生的由梨、高中生的蒂蒂、米尔迦和"我"尽情探讨数学知识的故事。

这些角色亦活跃于另一个系列"数学女孩"中，该系列是以更深奥的数学为题材所写成的青春校园物语，也推荐给你！特别是《数学女孩：哥德尔不完备定理》详尽叙述了数学概率的相关知识。

请继续支持"数学女孩"与"数学女孩的秘密笔记"这两个系列！

日文原书使用 LATEX2 与 Euler Font（AMS Euler）排版。排

版参考了奥村晴彦老师所作的《LATEX2 美文书编写入门》与吉永彻美所作的《LATEX2 辞典》，绘图则使用 OmniGraffle、TikZ、TEX2img 等软件，在此表示感谢。

感谢下列各位，以及许多不具名的人们，阅读我的原稿，并提供宝贵的意见。当然，本书内容若有错误，皆为我的疏失，并非他们的责任。

井川悠佑、石井遥、石宇哲也、稻叶一浩、上原隆平、植松弥公、内田大晖、内田阳一、冈崎圭亮、镜弘道、北川巧、菊池夏美、木村岩、统计桑、西原史晓、原和泉、藤田博司、梵天由登里 (medaka-college)、前原正英、增田菜美、松浦笃史、三宅喜义、村井建、山田泰树、山本良太、米内贵志

感谢一直以来负责"数学女孩的秘密笔记"与"数学女孩"两个系列的 SB Creative 野哲喜美男总编辑。

感谢 cakes 网站的加藤贞显先生。

感谢所有支持我写作的人们。

感谢我最爱的妻子和两个儿子。

感谢阅读本书到最后的各位。

我们在"数学女孩的秘密笔记"系列的下一本书中再见吧！

结城浩

版 权 声 明